CHARACTERS 001 OPEN

/ NAME

THE UNDEAD OF THE ENDWORLD

年齡 27歲

身高 175cm

職業 普通上班族

活屍題材狂熱粉絲。
病毒爆發初期曾被活屍咬傷脖子，
產生變異而活了下來。
原則是「只要能活下去就好」，
富有觀察力、善於洞察情況。

Characters

CHARACTERS 002

/ NAME

布馮

THE UNDEAD OF THE ENDWORLD

年齡 20歲

身高 190cm

職業 大學生

時常面帶微笑，擅長融入人群。
雖然喜歡「活人」，
但更喜歡「死人」。
和陸路一樣善於觀察人性，
很享受這個無法治、
陷入混亂的末日世界。

VOL.
01
草子信
ILLUSTRATION 睏睏子
終焉世界的亡者
三日月書
輕世代 FW

THE UNDEAD OF THE ENDWORLD

Contents

楔子

安靜到讓人害怕的空間，潮溼且充滿鐵鏽味道的空氣。

這是陸路早就已經習慣的日常，也是在這個世界末日之中不足為奇的事。

兩個月前，一種突發病毒憑空出現，推翻地球上所有人的平靜生活，各國政府癱瘓的速度比想像中快。這種感染率高且擴散速度飛快的病毒，很快就成為這個世界的主宰。

人們一個個死去，又一個個活過來。而這些「復活」的死者，迅速成為這個末日社會裡的絕對強權。

不知道從什麼時候開始，人們已經不去在意病毒的存在，而是將目光聚集在這些被稱為「活屍」的新生物身上。

它們比任何武器都要危險，並具有一定程度的智力，可以清楚判斷人與動物。

活屍不會攻擊動物，只針對人，對它們來說活人是糧食。在他們已經死亡、停止思考的腐爛腦袋裡，僅僅只剩下吃人的渴望。

由於網路癱瘓，即使已經過去很長一段時間，也沒人能掌握現在的情報，倖存下來的人只能想辦法努力生存，多活一天是一天。

然而在這已經徹底瘋狂的世界裡，根本無法奢求自己還能過上安穩的日子。

「啊啊啊！」

「該死的！為什麼那些傢伙會突然跑到這裡來？」

充滿絕望的吶喊與因為害怕而憤怒的抱怨，來自一群年輕人。

現在所有人都用恐慌的表情看著他們，即使隔著門板，他們仍然能夠聽見瘋狂衝向這裡的腳步，以及活屍們從喉嚨深處發出的嘶吼聲。

大家臉色鐵青，急忙拿起自己的東西，並開始指責這群年輕人。

「搞什麼！你們為什麼把活屍引過來？」

「不是說過不要擅自外出嗎！」

面對幾個大人的怒吼，恐慌的年輕人們也臉色鐵青，不甘示弱地大吼：「誰知道啊！」

「我們不過是想要幫大家去找點食物而已！」

「從前天晚上開始我就什麼東西都沒吃！連水也沒喝幾口！真的煩死人了！」

面對這些年輕人的抱怨，其他倖存者根本無法理解。

他們五天前好不容易找到這個鐵皮屋，雖然不夠溫暖也沒有隱私權可言，但至少這附近沒有活屍出現，所以還天真地以為至少能夠在這邊安然待上一段時間。

沒想到這個念頭，全被這些該死的小孩子毀掉！

雙方大聲爭執，根本沒有要停下來的意思。

陸路沉默不語地開始收拾自己的背包，長嘆一口氣。

看來這次遇到的倖存者團體也是抽到下下籤，他得在事情變得更糟糕之前離開這群人才行。

吵成一團的倖存者當中，有人開始勸架，有人則是開始害怕地收拾東西，往後門衝過去。

而在所有人聽見後門被打開的聲音後，爭執瞬間停止，回過神來的人們迅速四散，抓起能帶的東西立刻跟著跑出去。

當然，現在根本沒有人還有餘力去在乎其他倖存者有沒有跟上來，所以也沒有人注意到陸路改前往其他路線。

他輕快地背著背包，不慌不忙地轉身離開，就像是不害怕那些活屍一樣。

這很正常，他是個活屍愛好者，所以這個活屍地獄對他來說簡直就像是撿到寶。能夠待在自己最喜歡的世界裡，真的很幸福。

話雖如此，他也很是很珍惜自己性命的，絕對不會硬碰硬，就算發現情況不對，也會立刻溜走，畢竟要是死了的話就不能好好享受。

對原本的生活本來就沒多大興趣的陸路，一想到這，就忍不住露出笑容。

「只不過是活屍衝過來而已就大驚小怪。」

陸路邊碎碎念邊爬上倉庫旁的鐵製簡易樓梯，沒過幾秒鐘，一大群活屍衝破倉庫正門，幾個還來不及逃的倖存者很快就被淹沒在活屍之中，在淒慘的大叫聲中被它們撕成碎片。

幾個人雖然即時跑出來，但也很快就被活屍群追上。

活屍一路衝刺，速度極快，被它們鎖定目標的，是那些加速逃跑、因害怕而大聲吶喊的人群。

它們敏感地隨著聲音傳出的方向奔馳而去，一下子就追上最先逃出去的倖存者們。

最終，所有倖存者都被活屍支解、徒手撕裂，在痛苦與恐懼中死亡。

而唯一沒有遭受攻擊的，是事先躲在鐵梯上面，從高處觀看這一切的陸路。

他從包包裡拿出礦泉水和麵包，一邊看著這群倖存者的死亡，一邊享用。

「嗯，果然電影裡演的比較好看，現實看起來就像是血漿片，完全不有趣。」

陸路的食欲並沒有因為這場血腥的殺戮而受到影響，倒不如說他比較在意的是接下來該往哪裡走比較好。

希望下個遇見的倖存者小團體，能讓他覺得有趣。

DAY1：倖存者

陸路的生活一直很平凡普通，平常日上班，假日待在房間裡當條鹹魚，偶而一個人出去逛逛街什麼的，從旁人的眼中看起來可能很無趣，但對他來說卻是相幫放鬆的休閒活動。

他喜歡獨處，在只有他一個人的這段時間，不必再去費心顧慮其他人，這讓他感到輕鬆自在。雖然偶而會被朋友與家人誤會自己是不是有社交障礙，但陸路很清楚自己沒有這方面的問題。

他只是喜歡獨處，又不是想要逃避社會，卻總是被別人說太孤僻。

不知道是不是因為這樣，他喜歡上活屍電影裡塑造的末日世界，在生存欲望爆滿的世界裡，只需要考慮自己的事情就好。畢竟那些想要出頭、保護其他人，或者是想要為世界或社會做貢獻的主角，到最後都會死掉。

起先只是喜歡，隨著系列作品看得越來越多，在不知不覺間陸路自然而然成為活屍愛好者，只要是相關電影或影集，基本上都會看個十幾二十次，甚至連劇本都能倒背如流。

然而他怎麼樣也沒想到，虛構的世界竟然會真實出現在自己身邊。

病毒爆發的第一天是假日，陸路正如往常般待在家裡，電視機裡撥放著活屍電影，慵懶地躺在沙發上滑手機。

他喜歡把影片當成配樂來聽，分心去做其他事情。

沒過多久，手機突然傳來國家級警報，嚇得他差點沒把手機摔到地上。

緊接著，窗外傳來充滿恐懼的慘叫以及嘈雜的聲響，這讓陸路意識到情況不太對勁，這才急忙仔細閱讀國家警報的訊息。

——政府發布國家級警報，請民眾待在家中，盡可能不要外出。

十分簡單的敘述，僅僅只是告知人們留在室內，根本沒有給予任何相關情報。

陸路覺得不安，迅速拿起遙控起轉至新聞臺，而他所看到的畫面與新聞主播說出的宣導詞，令他頭昏腦脹，一瞬間產生自己是不是穿越到異世界的錯覺。

「目前各地區陸續傳出隨機傷人事件，請民眾留意自身安全。」

「政府與警方呼籲全國人民留在家中，不要外出，警方與軍隊正試圖控制情況。」

「根據可靠訊息爆料，事發地點是在市內某棟百貨公司，當時現在正在舉辦活動，突然有名可疑人士接近並開始徒手攻擊。現場情況十分混亂，在與該名可疑人士接觸過的人，全都開始無差別攻擊身旁的人。」

陸路不斷轉臺，但不管轉到哪一臺，新聞報導的內容都差不多。

甚至其中一臺正在撥放不知道哪條馬路的即時畫面，只見畫面中每個人都像是活屍般開始攻擊人，將人撕碎、啃咬。

如果不知道這是現在正在發生的事，陸路恐怕真的以為自己是不小心轉到演活屍片的電影臺。

——這到底是怎麼回事？

陸路冷汗直冒，直到被握在手中的手機震動拉回思緒才猛然回神。

他拿起來，看著螢幕顯示出的號碼，立刻接起。

「喂！大漢，你沒事吧？」

『媽的，阿路你還活著？』對方剛開口回答，接著下一秒就突然不爽地怒吼：『該死！這群瘋子速度還真快……』

電話那頭聲音十分嘈雜，給人一種非常不安的預感。

陸路盡可能讓自己冷靜地和對方說話，但是還沒能夠確認對方的安危，他就聽見私心裂肺的慘叫，以及從喉嚨深處發出的乾啞嗓音。

隨著「咚」一聲，對方的手機似乎掉在地上，接著便聽見大量的腳步踩踏聲。

之後電話被強制掛斷，結束通訊。

陸路張著嘴，十分恐懼地望著手機螢幕顯示出的「結束通話」畫面，臉色蒼白，雙手甚至冰冷到幾乎感覺不到血液流動。

在徹底理解到這是真實發生的情況後，他衝進房間，迅速整理包包。

如果說這個世界真的出現了活屍，那麼他很清楚接下來會變成什麼樣子。

他得趁病毒剛開始擴散的這段黃金時間，立即逃到安全的地方去才行！

深知怎麼做才能提高生存機率的陸路，快速準備好簡單的物資，接著他把注意力轉移到能夠隨身攜帶的保命武器。

棒球棍雖然好用，但不好攜帶，逃命的時候很容易成為阻礙，拖把或曬衣棍也不是最佳選擇，菜刀更不可能。

如果真的被活屍攻擊的話，他需要行動起來更快速的武器才行。

最終，陸路選擇了切水果用的小刀。

在準備齊全，正打算走出家門的前一秒，陸路才發現自己的雙手在顫抖，甚至連門把都差點沒辦法握住。

「……嘖！」

陸路皺緊眉頭，深吸口氣，慢慢冷靜下來。

再次做好心理準備後，他推開門走出去。

此刻的他，根本不知道自己即將面對什麼樣的危險，但他很清楚，必須在活屍數量變得更多之前逃離這裡，即使他不知道究竟哪裡才是安全的。

這已經是當時唯一的一條生路。

在那之後，病毒擴散的速度遠超出各國政府的預期，城市很快地癱瘓，陷入混亂的國家慢慢失控，只能依靠軍隊的力量逃離原址，在安全的地方重新建立基地進行應對。

然而，人們的反應速度與活屍數量累積的速度完全無法比較，很快地活屍佔據地球三分之一的人口數，而僅存下來的倖存者們，只能試圖想辦法不讓這個數字繼續攀升。

國家政府雖然也在重新建立，甚至組成聯合國，但各國資源損失慘重，大多數的軍事基地與研究機構周圍都有相當多的活屍，難以靠近。

不過，其中也有部分國家為人民建立安全區，讓倖存者能夠安心地在受到軍隊保護的地方生活。

那些地方被稱為倖存者保護區，以數字與英文作為代稱，沒有正名。

只是要前往那裡十分困難，並不是所有倖存者都能夠幸運入住。

為了自保，更多倖存者選擇組成團體對抗活屍，以自身的力量建立安全區域。

陸路在逃亡的這段時間裡接觸過不少倖存者，也曾加入過人數較多的小隊伍，但很不幸地，人們凝聚起來的力量仍不敵危險的活屍。

隨著一個又一個倖存者小團體瓦解、人們一個個死去或再次失散，時間就這樣過去了。雖然陸路已經成功離開自己所住的城市，卻不知道自己該往哪裡走才好。

可能他的適應能力真的很強，又或者是看過太多生死離別，心已經漸漸麻木，只能試圖在這片充滿死亡的土地上找到生存下去的樂趣。

於是，他想起了自己喜歡的活屍片，想起自己以前曾幻想過如果世界末日來臨就好，這樣他就不用上班賺錢，更不用去忙著維持與其他人的人際關係。

一旦開始產生這個念頭，陸路覺得心情似乎不如過去那樣沉重。

是啊，他現在是生活在自己最喜歡的活屍世界之中，那麼——乾脆趁現在享受一番也不為過吧？

反正也不知道什麼時候會迎來結局，倒不如即時行樂，免得向隅。

在那之後過了一個月、兩個月……而現在已經是他在這個末日世界中生活的第三個月。

時間看似沒過多久，但體感卻像早就過了十幾年。

慢慢開始失去時間概念的陸路，正順從自己的意念，過著追星生活。

而那些被他視為「明星」的對象，就是那些醜陋又危險的活屍。

「我回來了。」

背著黑色包包，跨過尖銳木頭設置的柵欄，走進空曠停車場的陸路，熟練地向待在入口警衛室裡的同伴打招呼。

對方舉手示意，看起來沒什麼興趣的樣子，將腿交叉跨在桌子上，雙手環胸，懷裡抱著球棍，偷偷打瞌睡。

陸路早已習慣對方的態度，隨意進入停車場後方的建築物。

這裡是間器材工廠，由於地處偏僻，正後方又靠近山壁，算是個滿適合作為安全區的建築物。

與躲在倉庫的倖存者們分散後沒多久，陸路便來到這個地方。當時他對這個地方的安全措施感到驚訝，這還是他第一次見到由倖存者自己建立起這麼完善的安全區域，因此相當好奇這裡的人過著什麼樣的生活。

他剛來到這裡的時候，倖存者的人數約有二十多人，面對初次到來的他，都表現出友善的態度。

其中有年紀大的長者，也有年紀輕的國中生，當然也有不少身強體壯的年輕人，他們都對於能夠見到新的倖存者而感到開心。

陸路覺得這裡還不錯，所以決定留下來，並擔任搜索物資的工作。

這個工作需要離開安全區，甚至很有可能要去危險的地方探索，所以基本上沒有什麼人願意去做，但為了能夠讓大家活下去，還是必須要有人挺身而出。

上一個擔任搜索物資的倖存者，剛好在他來到這裡不久前被活屍殺死，所以他的出現才會這麼受到歡迎。

搜索物資的工作並不是他提出的，是這個倖存者團體主動要求，而且其他負責搜索物資的倖存者，幾乎都和他的狀況一樣。

簡單點就是除非願意承擔這個職責，否則他們就「不歡迎」他留在這裡。

直到那時，陸路才明白為什麼這些人剛開始會對他如此友善。

雖然對他來說，搜索物資的工作很容易，反正本來就沒打算和其他人親近，如果說只要能找到物資並上交，換取自己能在這個地方有個舒服睡覺的空間，還是滿划算的。

陸路在進入建築物後，直接來到倉庫，正好撞見幾個倖存者在走廊上討論事情，見到他回來，只是簡單打招呼。

「辛苦了。」對方露骨地盯著陸路的背包，眼神瞬間變得冷淡。

他用不耐煩的口氣問：「看來這附近的物資越來越難找？」

陸路知道他是在指點自己帶回來的物資，而對方這種態度也不是一天兩天的事。

明明一開始還能友好相處，但隨著時間越來越長，這些人也慢慢露出原本的嘴臉，總是用嫌惡的態度指點他帶回來的物資，好像永遠都嫌不夠一樣。

就算陸路將物資塞滿背包，這些人也仍覺得太少，甚至會懷疑他是不是有私藏物資的行為。

當然，這些都只是態度上給人的感覺，並沒有直接跟他攤牌，畢竟他們還是需要有人去做這份危險的工作。

大概是認為不會有人想要放棄能夠安全休息的空間，所以不管提出什麼樣的要求，這些倖存者都已經篤定他們不會有任何怨言，行為才會越來越超過。

陸路並不打算理會，他繞過這群人，將背包裡的東西掏空交給對方。

那些原本還在數落他的倖存者，一看到陸路坦蕩蕩的舉動，便不快地咂嘴。

直到陸路離開，這些人都用凶神惡煞的眼神瞪著他看，即使背對他們，陸路也能感覺到那些目光有多麼炙熱。

面對這種情況，陸路也只能呵呵苦笑兩聲。

即使已經來到這裡生活一個月，陸路還是沒辦法適應這些倖存者下意識的大小眼行為。

回到房間的陸路，從口袋裡拿出早就藏好的花生巧克力棒，咬破包裝後放入口中咀嚼，試圖利用糖分來緩解內心的煩躁感。

吃完後，他將包裝紙塞回口袋，望向窗戶。

「……要想辦法找個機會溜走，再待下去也沒什麼意義。」

原本陸路就沒有打算在同個倖存者小隊裡待太久，尤其是像這種表面上看似和睦，實際卻充滿階級制度的專制團體。

在這個末日世界，每個人都是自私的，因為只有這樣做，生存機率才會高。

就在剛做出這個決定的瞬間，門板傳來輕敲聲。

雖然敲門的力量不大，不過還是很快就能讓人注意到。

陸路轉過身，看著側身靠在門板上，對他微微一笑的男人。

「什麼事？」

「我看你回來了，所以來打聲招呼。」

陸路並不認為男人真的只是來跟他打招呼而已，因為這個男人很危險。

男人名叫布馮，有著一張狡猾的臉，雖然是個外國人，但意外的是他能夠自然地與所有人溝通，完全沒有語言方面的障礙，即使身高與外型都與其他倖存者有很大的落差，卻讓人不覺得有隔閡感。

不知道為什麼，布馮總是散發出讓人想要去依賴他的氛圍，很自然就能融入團體之中，只不過對陸路來說，布馮並不如外表那般友善。

因為他的直覺不斷在警告他，這個男人很危險。他的直覺通常都很準，害他沒辦法用平常心面對這個充滿神祕感的奇怪男人。

剛開始他來到這裡的時候，布馮並沒有對他表現出有興趣的態度，雖然他的臉上始終掛著和藹可親的笑容，卻因為樣貌帥氣加上體格健壯，很容易就成為這個團體中的重要成員之一，和他這個不起眼、沒有半點存在感的人完全不同。

可是在那之後沒過多久，布馮就突然對他改變了態度，不但很照顧他，還常常在他身邊轉來轉去，不管走到哪都能見到他。

至於理由，更是可笑到讓陸路完全不想提起。

「你在想什麼，連我進來了都沒發現？」

陸路抬起頭，這才發現布馮不知道什麼時候已經走到他面前，微微睜開瞇成一條線的小眼睛，稍微彎腰靠近自己。

他下意識退後兩步，維持於這個男人的安全距離。

「我說過別靠我這麼近。」

「呵，抱歉。」布馮勾起嘴角，重新站好，摸著下巴說：「你身上的味道太好聞，所以我總是忍不住想要靠你近一點。」

「你真的是個怪人……我剛從外面回來，應該都是汗臭味吧？」

「不是不是，是比那個更好聞的味道。」

沒錯，這就是布馮看上他的原因。

他的體味。

雖然很不想承認，但這個叫做布馮的男人就是個長相帥氣的變態沒錯。

自從布馮察覺到這件事情後，就老是纏著他不放，讓陸路煩躁到不行，不過倒也不是說完全沒缺點。

由於布馮在這個倖存者團體中地位算高，所以大多數的人都會順從他，也多虧有這個像狐狸一樣的男人幫忙，他才能從原本的四人間更改成兩人房。

只不過前提是得和這個傢伙一間房。

「這附近的物資是不是越來越難找了？」

布馮把外套脫下來，掛在衣架上，語氣和平常半開玩笑的態度有點不同。

陸路不知道他想幹嘛，但還是如實回答：「嗯，沒有活屍的地方基本上什麼都找不到，只有少量活屍徘徊的地方也都搜刮得差不多，如果不想往更危險的地方探索的話，就恐怕得去更遠的地區找。」

他邊說邊聳肩，「可是如果要這樣做，勢必就沒辦法當天來回，很有可能得在外面過夜。我想應該沒有人傻到會願意冒這個風險。」

布馮仔細聽著陸路說的話，摸下巴沉思。

「這幾天我們有在商討要不要組個隊伍，到遠一點的地方搜刮物資，畢竟按照目前的物資庫存量……恐怕不到五天時間我們就得面臨餓死的問題。」

哼——到那時候我早就閃人了。

陸路沒有說出口，要是讓其他倖存者知道他有離開的念頭，事情肯定會變得很麻煩。

這個地方表面看起來很自由，但實際上倖存者之間都在監視彼此，因為人多存活率也會更高的觀念根深蒂固，導致在倖存者的主觀意識裡形成潛規則。

——誰都不許離開，一旦進入這裡就不可以有單獨逃跑的念頭。

這種想法很可怕，而且是大多數倖存者的固有觀念，所以沒人意識到「限制他人行動與決定」的行為是不對的。

畢竟這個社會，早就已經無法可管，在失去規則約束的人類社會關係中，沒有人能夠辨別真正的對錯。

而且，對與錯的定義也早就和過去完全不同。

「那種百分之百會死在外面的方法，沒有人會同意的。」陸路忍不住吐槽。

布馮笑著反駁：「不會的，因為我已經跟其他人說好，由我們兩個人去。」

剛放下包包的陸路聽到他說的話，當場傻眼，大腦停止思考三秒後，氣憤地拿起背包往布馮的臉上砸過去。

「你憑什麼擅自作主！」

布馮穩穩地抓住背包，一臉無辜。

「因為我相信你能做得到，你可是我們當中最擅長搜索物資的人。」

「媽的，我才不想接這種吃力不討好的工作！」

可能是因為布馮與自己相處的時候，總是隨意跨過他設下的界線，導致每次看到他的笑臉都讓人煩躁不已，所以才會不小心暴怒。

陸路用力坐在床墊上，將臉埋入手掌心，像是在詛咒般喃喃自語。

布馮不能理解陸路為什麼會有這種反應，他認為自己的決定沒有任何錯誤，但為了讓陸路妥協並接受，他還是得故意示弱。

陸路雖然表面看起來冷冰冰的，但實際上心腸很軟。

膽子大，但親眼看到陸路這謎一般的行為，多少還是會因為緊張而冒冷汗。

他抱著包包，在陸路面前蹲下來，可憐兮兮地仰頭看他。

「陸路？」

「該死的！你又沒經過我的同意就——」

陸路透過指縫看著布馮，對他那張閃閃發光的帥氣臉龐一點抵抗力都沒有。

為什麼在這種充斥著死亡與活屍的末日世界裡，竟然還會有長得這麼像模特兒的男人存在啊！

更重要的是，大部分的人看起來都很狼狽，但布馮整個人看起來卻精神奕奕，彷彿身旁永遠都開滿著各種花朵一樣。

如果是在電影裡的話，這種角色絕對是屬於主角群的人。

同時也是他最想要避開的那種類型。

「對不起，我擅自作主。我是因為相信你能做到才提議的。」睜開的眼眸雙瞳翦水，有種說不出口的冷漠氛圍。

陸路有點害怕對方這種眼神，因為他完全感受不到布馮身為「人」的氣息。

這種感覺很奇怪，但一時間想不到形容詞，只剩下遠離這個人的念頭盤繞在腦海中。

明白自己沒有拒絕立場的陸路，最終也只能選擇妥協。

「我去，可是我不要跟你一起。」

「不行，因為已經決定好了。」布馮笑咪咪地拒絕，突然臉色一沉，語氣冰冷地說：

「而且你剛才不是說想要離開？所以我得好好跟著你，免得你走丟。」

陸路心虛地一震，冷汗直冒。

早知道就不該自言自語說那種話……不對，憑布馮的聽力，就算他只是小聲地自言自語，也會傳入這個男人耳裡。

無論是個性還是實力，都跟變態兩個字畫上等號的布馮，實在令人毛骨悚然。

「所以，你是負責監視我？」

「我比較喜歡保鑣這個稱呼。」

「不需要，你給我留下來。」

「就算你拒絕也沒用，因為你甩不掉我的。」

陸路徹底傻眼，布馮的執著讓他頭痛。

他真的是被一個超級麻煩的男人糾纏上了。

「隨便你吧，但我話先說在前面，你絕對不可以干擾我。」

「嗯，這我可以答應。」布馮起身後把背包塞進陸路懷中，轉身往門口走過去，「那麼我現在就去跟其他人說這件事，你在房裡乖乖等我回來。」

「咦？什……你剛剛不是說你們已經討論好了嗎！」

「呵。」布馮彎起眼角，開心地說：「當然是騙你的。」

意識到自己被耍的陸路，火冒三丈，但這次布馮溜得很快，一轉眼就已經逃之夭夭，只能聽見從走廊傳來他愉悅的哼唱聲。

陸路這下子是真的想離開了。

絕對不能再繼續待下去，他一定得走！記得今天晚上是由布馮負責夜巡，趁他不在房間的這段時間逃跑是最佳的選擇。

他一分鐘——不，連一秒鐘都不想再和這個狐狸般的狡猾男人繼續相處。

陸路起身，飛快開始收拾自己的東西。

心中的警鈴已經不再只是提醒他遠離布馮，而是瘋狂地叫囂著，要他趁著祕密被布馮發現之前，逃得越遠越好。

比起活屍，變態對他來說才是最危險的。

他有預感布馮對他的友善態度，絕對不是純粹的關心。

在收拾東西的同時，陸路開始思考要從哪裡溜走比較好，器材工廠佔地很廣，建築物內部也不是說百分之百安全，之前他曾聽其他倖存者討論過，那些被關起來，絕對不可以打開的門。

門的另一側是他們沒有探索過的未知區域，有些地方因為被破壞所以沒辦法輕易打開，有些地方則是之前有倖存者進去確認過，確定有活屍徘徊，便將門封死，並告誡所有倖存者不可以隨便接近。

那些地方大部分都是器材工廠原本的內部員工，至於這裡曾發生過什麼事，所有人都不願去猜測，也沒有興趣。

活屍病毒爆發後的第三個月，所有人都已經耗費精神與力氣，只要能找到一處安心生活的空間，其他事怎麼樣都無所謂。

「……果然還是要穿過被封死的區域嗎？」

他自言自語地說著，作出一般倖存者絕對不會選擇的方式。

當然，陸路並不打算冒巨大風險離開這裡，再怎麼說他還是很珍惜自己這條命的，而且他也不是個失去安全感、隨便亂下決定的傻瓜。

對「他」來說，這是最佳的方式，就算被其他倖存者發現他把門打開也無所謂，因為他會好好地從門的另一側再次把門擋好。

這是他對這群陌生倖存者們所能做的最大彌補，畢竟他也不希望因為自己的行為而導致其他倖存者陷入危險。

做出決定的陸路，迅速拉起背包拉鍊，但就在他打算背起包包離開房間的時候，人的慘叫聲突然響徹整棟建築物。

他愣在原地，反射性停下腳步。

聲音聽起來非常不妙，早已習慣的陸路很清楚，這是危險訊號。

果然沒過多久，整棟樓就開始傳來人們緊張的說話聲，以及瘋狂奔跑起來的急促腳步，站在走廊的陸路看見旁邊房間的倖存者全都衝出來，每個人神情慌張，完全不明白發生什麼事。

「那是什麼聲音？」

「發生什麼事了……我以為這裡絕對安全……」

「該死，我才不想死在這種地方！」

有些人還沒來得及反應，只有困惑，但有些反應速度比較快的年輕人，迅速作出決定，回房間拿起裝滿物資的包包，快速離開。

直到看見有人行動，其他倖存者也才慢半拍地衝回房間準備。

不管究竟是發生什麼事，總之，最首要的重要事情就是確保自己的物資並拿好武器，絕對不能離身。

兩手空空逃出去的話，絕對活不下去。

陸路沿著走廊，透過半敞開的門看見倖存者們都十分慌張，忍不住嘆口氣。

雖然反應有點慢，但這些人做的決定是正確的。

他走下樓梯，路途中還有遇到其他幾名倖存者，可是他們根本不把自己放在眼裡，甚至還匆忙地用肩膀將他撞開。

陸路很無奈，摸著隱隱作痛的部位，繼續往前走。

可是才沒走幾步路，他就立即後退，整個人貼在牆壁上不敢亂動。

前面的走廊有大量的活屍徘徊，鮮血與人體組織散落一地，牆壁上也有大量血跡，更重要的是，這些活屍的腳下有三名明顯死亡的倖存者。

雖然因為他閃得太快，沒看清楚那三個人是誰，但很顯然他們就是剛才慘叫的聲音來源。

「運氣真是有夠背的。」

陸路壓低聲音，自言自語，小心翼翼轉往其他走廊。

然而，其他走廊也都是活屍，簡單來說——一樓的空間幾乎每條走廊都有活屍徘徊，雖然它們看起來只是茫無目的地閒晃，但這只是因為沒有攻擊目標而已。

一路上都能聽見其他倖存者的慘叫聲，被支解的屍體數量也越來越多。

活屍們大口享用著內臟與大腦，吃得津津有味，像是很久沒有進食。

陸路雖然有考慮要不要撤退回房間算了，但依照這個擴散速度來看，大概二樓以上的狀況也好不到哪去。

來到一樓之後，他就沒有再見到活著的倖存者。

從有人慘叫到現在為止，也才不到五分鐘的時間，一旦被活屍入侵，人類就是如此脆弱可憐，平靜的生活瞬間被顛覆。

感覺附近已經沒有活著的倖存者，陸路便開始考慮要不要硬著頭皮從活屍群裡走過去，只要沒人看見的話，他根本不用這麼小心翼翼。

然而就在他產生這個念頭沒多久，突然一根染血的棒球棍從自己的面前揮過來，嚇得他迅速向前彎腰閃避。

可是球棒在沒有擊中目標後，轉圈回到他面前。

這名攻擊他的男人將球棒橫放，抓住左右兩側，強行往陸路的喉嚨壓過去。

陸路這次沒能成功迴避，雖然用手臂阻擋球棍壓迫喉嚨，但他的人卻因此向後撞擊在牆壁上面，背部痛到不行。

對方是真心想要殺了他，這力道不是開玩笑的！

陸路咬牙切齒，冷汗直冒，努力掙扎的他根本沒發現原本塞進口袋裡的巧克力包裝紙掉在腳邊，只能拚命想辦法看清楚對方的面孔。

當他終於看清楚那張臉的瞬間，驚訝地瞪大雙眸吼道：「你在做什麼！」

「搞什麼？原來是你！」

持球棍突然攻擊他的男人，是不久前在倉庫那附近和他搭話，不把他放在眼裡的那群倖存者之一。

他的身上雖然沾著血，但並不是他自己的。

噁心巴拉的球棍上面也有不少肉屑，從這幾點可以合理推斷，他大概用這根球棍殺掉不少活屍。

男人雖然看清楚陸路不是活屍，但是沒有要收手的意思。

他凶神惡煞地貼近陸路因難受而皺緊的臉，鞋子稍微往前滑動的時候，不經意踩到掉落在地上的巧克力包裝紙，而見到這個不該存在的「糧食」竟然掉落在陸路腳邊的瞬間，他的眼神變得十分冰冷。

「媽的，你這傢伙竟然真的偷藏物資，看樣子這件事果然是你搞的鬼！」

「你沒頭沒腦地說什麼……」

「我問是不是你把封起來的門打開的！」

聽見這句話，陸路很不爽。

這傢伙腦袋沒問題嗎？憑什麼直接斷定是他把活屍放進來的！

也是在這個瞬間，陸路才終於明白，原來他一直以來都沒有被這個地方的倖存者接受，無論他帶回多少物資，過得有多麼低調，這些人也還是把他當成陌生人。

一想到這點，陸路就忍不住笑出來。

「……哈！果然比起人，還是活屍更好。」

陸路並不害怕這個男人的威脅，也不打算退讓。

因為他不是個善良的人。

「放開我。」陸路沉著臉，一點也不害怕地反瞪回去。

男人看到陸路竟然還有膽量跟他嗆聲，噗哧一聲笑出來。

「如果我說不呢？你想怎麼做？」

大概是認為他沒有辦法反抗，不甘示弱的陸路很不爽，深吸口氣，放聲大叫：「你這該死的混帳！」

男人被陸路的態度嚇一跳，接著他立刻意識到陸路是故意的，他想要藉由聲音把徘徊在附近的活屍吸引過來！

「閉嘴！該死的……啊！」

因害怕被活屍發現到位置，男人慌張地把球棒放下，伸手遮住陸路的嘴巴，但陸路卻沒打算妥協，狠狠咬住他的手。

男人罵了句髒話，迅速把手收回，拿著球棍退後好幾步。

「你……你竟然敢咬我……」

陸路從口中吐出一口鮮血，用手背擦去殘留在嘴角的血跡。

他銳利的眼神讓男人更不爽，就在他想要舉起球棒揮擊陸路的頭部時，活屍群出現了。

它們飛快地從走廊底部的轉角處衝出來，一邊沙啞地吼叫著，一邊快速朝他們奔跑過來。

男人頓時愣住，不到半秒鐘時間大腦立刻做出逃跑的決定。

反正他本來就不想管陸路的死活，更重要的是，這是陸路故意引過來的，所以跟他一點關係也沒有，就算他不管陸路的死活，也是理所當然——

男人往前跑的同時，忍不住回頭看了一眼。

原本他還以為會見到陸路被活屍吞噬、殘忍殺死的畫面，但是卻沒有。

活屍群的眼裡像是沒有見到陸路一樣，全都沒有發現他的存在，就這樣從陸路面前跑過去。

它們殺紅了眼，充滿死亡氣息的無光瞳孔裡，只映照出男人的臉。

「這、這、這到底是……」

男人不敢相信自己看到什麼，為什麼活屍不攻擊陸路？

甚至他還看見貼牆壁站著的陸路，轉過頭，朝他露出挑釁的笑容，並賞給他一個中指作為道別禮物。

「該死的！」

男人把頭轉回來，拚了命地逃跑。

此時的他已經沒有餘裕去思考那些複雜的問題，只剩下盡可能與活屍拉開距離的念頭。

陸路就這樣目送活屍群追趕男人的畫面，直到走廊再次恢復安靜，才轉過身，沒想到身後還有隻活屍沒離開，直接和他面對面對上眼，差點沒把陸路嚇死。

「……該死。」陸路尷尬抹臉，慶幸自己沒有當場叫出來。

雖然喜歡活屍，但近距離看到那張腐爛的臉、懸掛的眼球，以及從皮膚底下鑽出的白色蛆蟲，多少還是會讓他的心臟受到不小的衝擊。

更重要的是，活屍的身上還散發出刺鼻的腐爛味道，這氣味會讓他三天吃不下飯。就算可以將活屍攻擊人的畫面當作配飯，但這跟直接受到刺激是兩回事。

「嘎……」

「欸，別對著我的臉吐氣行不行，很臭。」

陸路掐著鼻子揮了兩下手，果斷選擇從旁邊繞過去。

結果沒想到他才剛往前走沒幾步，就有種奇怪的感覺，好像被人注視一樣。

因好奇與不適，陸路順著感覺到視線的方向看過去，碰巧和露出半張臉的瞇瞇眼四目相交。

陸路嚇了一大跳，他沒想到旁邊房間裡竟然還躲著其他倖存者。

更重要的是，那還是他最最最不想遇見的人——布馮！

陸路冷汗直冒，接著臉色鐵青，二話不說拔腿往反方向狂奔而去。

布馮見他打算逃走，立刻追上來，以非常恐怖的速度縮短雙方之間的距離。

當陸路從落單的活屍身旁經過時，活屍沒有任何反應，但是換成布馮的瞬間，立刻展開攻擊模式，張牙舞爪地朝布馮的臉撲擊。

可惜的是，活屍連攻擊的機會也沒有，直接被戴著黑色手套的巨大手掌抓住前額，用力往旁邊的牆壁狠狠砸下去。

手腕力道強勁到讓活屍的後腦杓被砸成稀巴爛，癱軟無力地沿著牆面滑下來。

清除掉眼前的阻礙後，布馮瞇起眼，繼續追上跑在前面的陸路，而回頭將布馮單手解決掉活屍的畫面全看在眼裡的陸路，顯得更加恐慌。

到底是什麼樣的怪力，能徒手把活屍的腦袋像豆腐一樣砸碎！

「你不要過來！離、離我遠一點！」

「為什麼要這麼緊張？嗯？為什麼要逃跑？我們不是夥伴嗎？」

「誰跟你這瘋子是夥伴！」

「真讓人傷心，我對你那麼友善，你竟然沒把我當回事。」

布馮裂嘴一笑，完全看不出來他有因為被陸路拒絕而感到悲傷，此刻他的臉上充滿著興奮又扭曲的表情，就像是發現寶物，炯炯有神。

「還是說你故意避開我的理由，是因為有不想讓人知道的祕密？」

「什什什什麼都沒有！」

「呵呵，反應這麼大還真可愛。我真的越來越中意你了。」布馮睜開細小的眼眸，用無比興奮的可怕口吻對陸路說：「你果然和其他人不太一樣……在我弄清楚原因之前，我是絕對不會讓你逃走的。」

這個瞬間，陸路真心認為這個世界最可怕的不是活屍，也不是那些自私自利的倖存者，而是這個對他過分執著的恐怖男人。

現在已經不僅僅只是警鈴大作，而是全身細胞發出全國緊急通知的程度！

上帝啊！佛祖啊！

這下他真的要完蛋了——

DAY2：祕密

陸路瘋狂逃跑，布馮則是像條獵犬般緊追在後。

明明器材工廠內部的走廊還算複雜，又有許多拐角，加上還有做為障礙物的危險活屍徘徊，照道理來說應該很容易把人甩開才對，但不知道為什麼，不管陸路多麼努力拉開與布馮之間的距離，就是沒辦法讓他放棄追趕。

而且這個恐怖到極點的男人，竟然還繼續徒手清除阻礙在他面前的活屍，無論是多麼抓狂、行動迅速的活屍，都沒能碰到他一根寒毛。

陸路還是第一次遇到這種人，殺活屍的時候不但面無表情，甚至可以感覺得出來他非常擅長殺人，毫不猶豫就將活屍腦袋砸爛。

渾身是血的布馮看起來更加可怕了，甚至比活屍還要更危險，這讓產生強烈求生欲望的陸路腎上腺素爆發，加快衝刺速度。

他不擅長跑步，可是當人的性命受到威脅時，就能爆發出身體的潛能。

——才怪！

持續十分鐘左右陸路就已經覺得雙腿開始顫抖，速度也比剛開始要慢很多。

再這樣下去很快就會被布馮逮到，在那之後的事情他想都不敢想。

不管布馮為什麼對他那麼有興趣，活屍不會攻擊他的這個祕密，他打死都不想讓才認識沒多久的變態知道。

「哈、哈啊……」陸路大口喘息，豆大的汗水一顆顆滴落在腳邊。

可能是他本來就有這個打算，所以在拚命狂奔的時候，無意識來到最初計畫撤退的地點，也就是其中一扇被倖存者封死的門面前。

令他意外的是，這扇門早就已經被打開。

門框與牆壁上血跡斑斑，搖搖欲墜的門板看起來隨時都會掉下來。

周圍倒著兩名男性倖存者的遺體，一個被開腸剖肚，一個則是脖子被割斷，整顆頭呈現九十度角向旁邊傾斜。

不用想也知道，闖禍的就是這兩個人。

打開的門鎖連接到的走廊，漆黑無光。這是通往無窗的內部作業空間，唯一的光源就只有天花板上的日光燈，可是現在因為燈管被破壞、電線短路的關係，日光燈管沒有任何作用。

劈啪！劈啪！

噠噠噠……

電流聲響與漏水聲清楚地從空蕩蕩的室內空間傳來，令陸路忍不住嚥了口水。

雖然與原訂計畫不同，但是如今也只能硬著頭皮闖看看了。

在短短猶豫的幾秒鐘時間，布馮已經追了上來。

當他的腳步聲出現在陸路身後的瞬間，陸路害怕地抖了一下肩膀，根本不敢轉頭看那張臉，咬緊牙根衝入門內。

布馮嘴角下垂，收起游刃有餘的笑容，沒有跟過去，就只是這樣眼睜睜看著陸路的身影被黑暗吞噬，直到完全看不清楚為止。

「噗哈！哈哈哈……」

布馮用那隻沾著鮮血的手掌摀住嘴巴，自嘲地大笑。

即使已經離門很遠，陸路也還是可以聽見他那毛骨悚然的笑聲，如中毒般環繞在他的耳際，深入腦髓。

他不敢停下腳步，也不想去思考為什麼布馮沒有追過來。

現在他只想從那個老是在打奇怪算盤、不知道為什麼對他充滿好奇心的男人面前逃得越遠越好。

漸漸放慢步伐的陸路，總算能夠鬆口氣，但問題是壓迫感仍舊很強烈。

之前是因為布馮的關係而有這種感覺，可是現在，很明顯不是因為那個男人的原因，而是這個空間。

每走一步都能聽見鞋底踩踏積水的聲音，溼氣堆積而成的不只有霉味，還有蚊蟲，不過陸路並不是很擔心，他比較害怕的是不時傳來的漏電聲響。

雖然他也不太清楚自己「現在」的身體狀況，能否承受觸電，但保險起見還是能避就避，不要嘴硬。

他戴起黑色口罩，拿著隨身攜帶的小型手電筒，利用燈光確認這裡的情況。

當光線晃過去的時候，不經意照到一張人臉的瞬間，陸路差點沒被嚇死。

心臟跳得很快，不過他並沒有大叫或是害怕，很快就能冷靜下來。

他眨了眨眼，仔細看向那顆夾在窗框之間的頭，看得出來是被人刻意用窗框攻擊，腦袋被砸凹，周圍有數隻蒼蠅在飛舞。

從屍體的服裝來看，應該是器材工廠的工作人員。

在發現第一個屍體後，陸路接二連三發現更多早已死去的員工，每個人都死狀悽慘，屍體可以幾乎都不是完好無缺，可以清楚看到活屍啃咬的痕跡。

對這種場面已經見怪不怪，甚至可以說習慣的陸路，除了覺得氣味難聞之外，沒有其他感想，就算腳邊都是屍體碎塊，他也能面不改色地跨過去。

「奇怪……為什麼那些傢伙要打開這扇門？」

比起這裡曾發生過什麼樣的屠殺場景，陸路對門口那兩具屍體的動機比較好奇，不過他大概可以猜想得出是什麼原因導致他們做出這個決定。

——物資短缺。

那兩個人並不是負責搜索物資或是物資管理、分發，應該是對於物資減少很不安，加上又不想冒風險去外面搜索，才會打算從器材工廠內部找。

「明明已經說過這些被封起來的門，不能隨便打開，結果狗急跳牆，把事情搞砸。為什麼每次倖存者裡都有這種老鼠屎？真煩。」

陸路嘆口氣，拉緊背帶，一點也不覺得那些人可憐。

這幾個月他已經看過太多自私行為，所以面對這樣的結果，他並不意外。

就因為幾個人的魯莽行為，導致其他倖存者一起被拉下水，這種行為不值得被人同情。可憐那些不知情的其他倖存者，面對活屍的入侵，根本無力招架。

「不過我好像也該感謝那兩個人才對，多虧他們的雷包行為，我才能順利離開。」

陸路對這裡的構造並不清楚，畢竟沒有地圖，只能憑感覺走。

幸好他運氣不錯，加上原本被困在這裡的活屍全都跑出去，沒花費太多時間與力氣，順利找到後門。

推開這扇門之後，他來到的是建築物另一側的空地。

這裡也有個小型停車場，但頂多只能停四輛車左右，不過通往這座停車場的外側道路有個關閉的電動鐵門，車輛無法通過，想要攀爬過去也有些難度，因為上面綁著許多尖銳的鐵絲。

看來應該是想要阻擋活屍從這裡爬進來，還可以順便防止其他倖存者入侵。

不過現在這些都已經不重要了。

陸路關閉手電筒燈光，收進包包裡，隔著口罩大吸一口氣之後，愉快地哼著歌，再次踏上自由自在的末日旅途。

「呼！終於可以擺脫這個地方，真開——」

「你說擺脫什麼？」

「咿呀啊啊啊啊！」

完全沒想到會有人和他搭話的陸路，嚇得魂飛魄散。在看到一個人影從工廠屋頂輕鬆地跳下來，拍拍衣服上的灰塵，站在自己面前的瞬間，陸路再次捧著臉頰無聲吶喊。

「哭爸哦怎麼又是你這傢伙！」

「怎麼能這樣說我呢？我可是和你一樣從這個地方倖存下來的人耶。」

布馮笑著搭住陸路的肩膀，彎腰貼在他的耳邊低語：「我說過不會讓你從我面前溜走的對吧？嗯？」

陸路臉色蒼白，汗如雨下。

已經換過乾淨手套的布馮，雖然沒有把活屍的鮮血染在陸路的衣服上，但他抓住肩膀的力道可不是開玩笑的。

陸路彷彿能聽見自己的肩胛骨傳出骨頭斷裂的嘎嘎脆響。

他看著布馮跳下來的屋頂，越想越覺得害怕。

難道說這個男人是從外牆爬上屋頂，從正上方繞過封鎖區域，直接來到後門的？所以他剛才根本不是放棄追他，只是換個方式，讓他鬆懈後再逮人。

陸路突然產生一種絕對不可以忤逆他的念頭。

正當陸路不自覺地顫抖，想不到該用哪種藉口來搪塞這個男人的時候，布馮卻像是察覺到什麼，抬起眼看向鐵欄杆外。

細小的眼眸透露出危險的氣息，沉默不語地思考幾秒鐘之後，才又重新掛上親近人時的笑臉。

「該走了。」布馮把放在陸路肩膀上的手收回，對陸路說：「現在只剩我跟你相依為命，所以我們得在這裡產生更多活屍前離開。」

陸路抬起頭看他，冷汗直冒。

「要、要去哪？」

「嗯——」布馮故意裝作思考的模樣，沒多久便回答：「就按照我在房間裡跟你提過的，我們到遠一點的地方去找物資，順便看看有沒有能夠安全落腳的地方。」

兜兜轉轉，最終仍然順了布馮的意。

陸路當然非常不想和他一起行動，卻沒辦法拒絕，因為他知道就算拒絕，布馮也還是會自己跟過來。

帶著身材高大的外國人，根本顯眼到不行。

本來就很討厭太過引人注目的陸路，只能認命。

「……知道了。」

他像是鬧彆扭般，不滿地噘嘴，而看著他明確表達出抗拒自己態度的布馮，則是笑了笑。

「我不會逼問你的祕密，只是好奇而已。你想說的時候再告訴我就好。」

「你當我很好騙嗎？明明追我追成那樣，我怎麼可能相信你。」

布馮無奈聳肩，「這是真心話，我對你很有興趣，雖然不知道原因是什麼，但透過你身上的氣味，以及活屍不會攻擊你這兩點來看，或多或少也能知道一點頭緒。」

「呃，真的假的？」

「你不相信我？我可是很聰明的哦？」

「我確實不相信你，而且我們又不是那麼熟，你幹嘛對我這麼執著？」

「呵呵。」布馮輕笑兩聲，微微睜開雙眸，「等我們的關係變成更親密之後，我再回答你這個問題。」

這個答覆很顯然是想要迴避，陸路覺得自己似乎問到重點，只不過從布馮的態度來看，他完全沒有要隱藏的意思。

或許布馮也和他一樣，有著不想被人知道的祕密？

不知道是不是基於這個原因，陸路突然覺得布馮好像變得沒那麼礙眼。

但還是很可怕。

「你……你什麼東西都沒帶？」

「原本有，但因為要爬牆到屋頂，太礙事所以扔掉了。」

這到底是什麼奇葩理由？

陸路無法理解布馮的思考模式，可是他既然能夠輕易將隨身包丟棄，就表示裡面大概也沒裝什麼有用的東西。

又或者布馮非常有信心能夠抓到他，所以之後只要跟他一起行動，共用物資就好。簡單來說就是布馮早就打算寄生在他身上。

沒有選擇權的陸路，最終也只能接受被他成功捕捉的事實，和布馮一起離開。

／

以器材工廠為中心，外圍約兩至三公里左右的範圍都已經被他們逛得差不多，由於這裡還算離市中心近，所以物資比較容易取得，但並不是無窮無盡。

陸路偶而會走出原本規定的範圍，因為他本來就不打算待在器材工廠太久，想著某天能夠趁著搜索物資時，乾脆越走越遠，別回去算了。

雖然他負責的工作既危險又麻煩，但對他這種隨時想要離開的人倒是很方便，過去陸路沒有這樣做的原因，是因為器材工廠確實是少見、能夠讓人安穩休息的好地方。

他討厭其他倖存者對自己大小眼的態度，但更討厭沒有軟綿綿的床墊可以躺，更何況這裡水電充足，只要刻意遺忘活屍的存在，就跟正常的生活沒什麼不同。

可能是因為過得很安逸，陸路才會將離開的事情一拖再拖，結果就變成這樣。

「唉啊啊……早知道就不要貪那個床。」

「嗯？你剛剛在說什麼？」

走在前面的陸路很自然地將心聲脫口而出，布馮明明有聽見，卻故意提問，一字一句充滿威脅的味道。

陸路只能苦笑。

「沒什麼。」

「現在只有我們兩個人，想說什麼都可以，畢竟我們可是夥伴。」

夥你個頭！根本就是自己強行倒貼過來的好嗎！

陸路這次有特別留意，沒有直接把想法說出來。

跟布馮爭論這些沒有任何意義，因為他根本不會聽。

即使陸路沒有回應，布馮也不在意，但是當他注意到陸路前進的路線十分明確，就像是早就已經確定好一樣的時候時，突然沉下臉來。

「你怎麼好像知道要往哪走？」

「這不是理所當然？我是負責找物資的人員，不了解附近地形才奇怪吧。」

「可是我看你走的路線，像是早就在腦海裡演練過很多次一樣。」布馮自言自語地說完後，十分敏感地猜測：「該不會你原本打算趁著搜索物資的名義，離開器材工廠？」

坦白說，陸路真的很怕這麼有眼色的人。

其他倖存者都沒發現他的計畫，但布馮只不過是跟著他走一小段路而已，就馬上猜出來。

不過，這個方式確實比較不容易被發現，畢竟沒有人傻到離開安全的空間，獨自前往充滿活屍的危險區域。

這就是為什麼負責搜索物資的人都必須單獨行動，一是想要避免大量倖存者死亡，二則是必須確保這些離開去找物資的人，絕對會再回來。

再加上其他人對於搜索物資的人沒有在當天回來的狀況，最直接反應都是「那個人肯定是死了」，根本不會想到對方是不是逃跑或擅自離開。

見陸路沒有回答，布馮直接當他是默認，瞇起眼笑嘻嘻地說：「如果是你的話，確實有這麼做的本錢，我想其他倖存者也不會發現你是擅自跑掉。」

陸路實在忍不住，他停下腳步，轉頭看向布馮。

「你、你之後不會把這件事說出去吧？」

「哈哈哈！這問題真可愛。那麼有趣的事情，我怎麼可能分享給其他人？」布馮睜開眼，接著說：「更何況這可是我能掌握你的把柄，讓太多人知道的話，反而會失去它的價值。比起共享，我更喜歡獨享呢。」

「好的我明白了，請你閉嘴。」

陸路覺得頭很痛，果然他不該跟本人確認這些事的。

本來布馮的想法就已經和普通人相差甚遠，與其去揣測他腦袋裡裝什麼東西，不如就把他當成空氣。

陸路眼神冰冷地瞪著布馮，查覺到他表情在暗示什麼的布馮，乖乖地做出拉緊嘴巴拉鍊的動作。

這種幼稚的舉動看在陸路眼裡，完全沒有半點真誠可言。

他頭痛地嘆口氣之後，還是決定把自己現在打算前往的地方說出來，免得之後出現什麼麻煩的問題。

「之前不是在房間裡說過，要去遠一點的地方搜索物資？離器材工廠最近的市區已經沒什麼東西好拿，所以我打算去其他城市。」

「這樣至少要徒步走十公里以上才能到。」

「我是沒差，你可以嗎？」陸路原本只是順口提問，但在看到布馮的身材以及他紅潤健康的氣色後，馬上就後悔了。

這個在充滿活屍世界的末日裡，還能維持強健肌肉身材，臉色好到讓人忌妒的男人，怎麼可能會沒辦法徒步走這點路？

布馮的笑容閃閃發光到讓人覺得礙眼，陸路不斷被扔過來的光點砸腦袋，視線扎人到讓他完全不想和他對視。

「咳、咳咳。總而言之，今天絕對沒辦法走到那裡，更何況還得過河，得在過去之前確認那附近的情況，要花點時間。所以今天我們就先找到能夠過夜的地方，將就一下。」

「說得也是。」布馮看了一眼天色，「確實，現在開始找已經算晚了，太陽下山前我們最好先找到能安全休息的地方。」

說完，布馮笑著調侃陸路：「你應該不會故意找間都是活屍的屋子，要我在裡面睡一晚吧？」

「你到底把我當成什麼人？我才不會做這種缺德的事。」

「因為你不是很討厭我跟著你嗎？」

「我又不會因為討厭你就希望你被活屍吃掉。」

「呵呵，你果然很有趣呢。」

「我可以感覺得出你這句話完全沒有稱讚我的意思。」

「怎麼這麼說？這對我來說可是最高的稱讚。」布馮歪頭反問：「被我喜歡上難道不好嗎？」

「你可是有能夠徒手殺掉活屍的腕力，到底哪裡好。」

「真可惜，看來我只好想其他辦法讓你對我產生興趣了。」

陸路真的很想直接吐槽，他這輩子絕對不會對布馮產生好感。無論是朋友還是夥伴，他都不需要。

「我們還是快點趕路吧，還得花時間找能住的地方。這附近入夜後溫度降得快，要是睡在外面，沒睡袋又沒帳篷的我們肯定會被凍成冰塊。」

「嗯，都聽你的。」

布馮老樣子用曖昧不清的態度，故意表現出順從的模樣。

或許這個方式對其他人來說有用，但看在陸路的眼中，完全就是笑裡藏刀，隨時都有可能撲過來反咬自己一口的危險份子。

已經有很長時間沒和其他人單獨行動，甚至相處這麼久的陸路，越來越不知道該如何面對布馮。

其實他心裡比誰都清楚，自己對布馮如此反感的理由，並不是因為他詭異的態度與思考方式，又或者是身為外國人的顯眼樣貌，而是存在本身。

陸路很不想，因為相處久了，就對某個人產生依賴感。

從活屍出現的那天開始，他就已經決定要獨自活下去，這樣比較自在。

然而陸路不知道的是，布馮表現得很輕鬆，眼神卻充滿警惕。

兩人各自懷著不同的心思，趕在天空變成橙紅色之前來到馬路邊，雖然車道只有兩輛卡車寬度，不過比起其他地方要來得熱鬧點。

有路燈、有民宅，還有便利商店與便當店，至少路途沒有那麼單調無趣，可是有個很大的問題——民宅周圍有數隻活屍徘徊。

陸路倒是無所謂，反正活屍會直接無視他的存在，可是布馮不同，就算他有能夠徒手打爆活屍的腕力，也不代表能夠一個人面對十幾隻甚至更多數量的活屍。

「果然離開器材工廠附近那塊區域後，活屍數量就變多了。」

「嗯，畢竟那邊我們之前有特地去清除。」

「你們還有做這種事？」

「當然有，如果活屍突然闖進來的話，會變得很麻煩，所以我們之前都有固定派一組小隊專門去周圍巡視，看到活屍就殺。」布馮開心地指著自己的鼻子，向陸路炫耀：「我就是那個隊伍的固定參加人員哦？」

「怪不得你見到活屍那麼冷靜，還能徒手殺掉它。」

「我就當你是在稱讚我。」

「這確實是稱讚。」

陸路沒有說謊，因為他是真的很佩服布馮這點，換作是他的話絕對辦不到。

不過從事實角度來說，他也沒辦法做這種工作就是了，那樣根本是直接把他的祕密曝露在其他人面前。

沒想到在坦率承認自己稱讚他之後，布馮竟然又用閃閃發亮的眼神盯著他看，讓陸路壓力大到冷汗直冒，刻意往旁邊走兩步，與布馮保持安全距離。

「你很習慣對付他們的話，那我留你一個人在這裡也沒關係吧？」

「我可是不會讓你離開我的視線範圍哦？」

「……就算我只是去看看哪間民宅比較適合過夜也不行？」

「對，不行。」布馮笑著說：「你不用擔心，我會自己看著辦，別在意我的死活。」

「開什麼玩笑，我怎麼可能不在意。」

陸路當然不可能乖乖照做，他再怎麼想要無視布馮，也不至於希望他死掉。

然而就在陸路剛張開嘴，打算改用其他方式找過夜地點的瞬間，汽車引擎聲突然從馬路的另一端傳來。

這聲音聽上去不僅僅是一輛車，而是數輛。

布馮與陸路反應很快，躲進到路邊堆積的障礙物後方，幾秒鐘後馬路上有好幾輛車快速駕駛過去，後面還跟著一群啊啊大叫的活屍。

景象詭異到不行，陸路過去從沒見過。

「這是什麼瘋狂粉絲見面會？」

「哈哈，你的形容方式真有趣。」

布馮的笑容只是扯動嘴皮的面部行為，完全沒有感受到他的真心。

陸路認真覺得這張臉令人毛骨悚然，但他不敢說出口。

他往遠處看過去，確認那幾輛車已經駛遠，跟在後面的活屍也全部離開後，才從遮蔽物後面走出來。

多虧那些突然冒出來的車輛，把原本徘徊在馬路周圍的活屍全都吸引過去，現在他不用擔心布馮的安危了。

不過，他還是有點在意剛才那幾輛形跡可疑的車子。

「你很好奇？」

布馮悄悄地來到他身邊，看著陷入困惑的陸路。

陸路雖然無視他盯著自己的視線，但沒有否定。

「嗯。現在根本找不到能用的車，所以看到那麼多輛車同時出現，很難不讓人好奇。」

「車子確實是屬於珍貴的物資，那些人應該是在知道這件事的前提下，故意獨佔資源。」

陸路知道有些倖存者組成類似幫派的暴力團體，試圖用最原始的掠奪方式在這個末日世界中生存下去，過去他待在其他倖存者隊伍裡的時候，也有被這種像強盜一樣的倖存者攻擊過，對他們印象不是很好。

雖然他可以利用躲藏在活屍群裡逃過這些危險的倖存者，但其他人可就沒那麼幸運了，死在這些貪婪倖存者手中的亡魂，不知道有多少。

陸路很快就撇開珍貴的車輛物資問題，轉而將注意力放在那些人的行為上。

他摸著下巴思考，自言自語地說：「先不管那些車子了，他們的行為更讓我好奇。」

布馮聽見他說的話，彎起眼眸微笑，「你是指他們故意聚集活屍的行為？」

「果然在你眼中看來，他們就是在故意吸引活屍？」

「嗯，沒錯。」

兩人一起走進其中一間空蕩蕩的雜貨店，邊搜刮物資邊繼續聊這件事。

對於那些人的行為，布馮毫不隱瞞地老實告訴陸路：「原本器材工廠周圍的活屍數量會在一定時間內累積成群，所以才需要固定去處理，但是大約兩週前，活屍的數量不但沒有增加，反而一個都看不到。」

「這樣不是很好嗎？」

「其他倖存者也是這樣認為，可是我覺得這並不是個好消息。」布馮睜開眼，這副模樣在陰森森的雜貨店內看起來就像是恐怖片一樣可怕。

陸路忍不住緊張地嚥口水。

為了不被布馮察覺出來，他刻意追問原因：「咳、咳咳，是因為很奇怪嗎？」

「那些活屍就好比野生動物，固定的模式產生變化，一定有什麼理由。」

「你居然把它們跟野生動物畫上等號……」

布馮無視陸路，繼續說下去：「跟我一起去的倖存者也有人存疑，但更多人認為這是好事，沒有活屍的話就等於沒有生命危險。」

「真是可笑的想法。」

「呵，我認同。所以我和幾個有共同想法的倖存者私下調查活屍數量銳減的原因，後來發現有個倖存者組織正在大量捕捉活屍，他們的臨時據點距離器材工廠並不是很遠。」

意料之外的新情報，讓陸路的記憶像是拼圖般慢慢拼湊起來，而那些存疑的情況，就這樣在他的腦海裡解開來。

「怪不得我最近這幾天去外面找物資的時候，都沒怎麼遇到活屍，我還以為是我運氣好。」

「你對這附近的情況不熟悉，當然不知道。」

布馮說得沒錯，比起每隔幾天會外出巡視的布馮，一週大概只會輪到一次外出搜索物資的他，能掌握的情報確實沒有很多。

「話說回來，之前那個肌肉腦袋攻擊我的時候，對我說過很奇怪的話。」

一聽到陸路這樣說，布馮的臉色瞬間沉下來。

「……他對你說了什麼？」

沒注意到布馮的表情變得越來越可怕的陸路，坦白說出當時的情況。

「他懷疑是我把門打開，放活屍進來的。真的有夠搞笑！我怎麼可能做這麼麻煩的事。」

布馮眨眨眼，笑著歪頭問：「我還以為憑你的『特殊體質』，你很有可能會這樣做。」

陸路沒想到布馮竟然以為他是這種人，氣得大吼：「我就算個性再爛，也不會做這種害死其他人的事！」

「呵呵，說得也是。你雖然不是個好人，也不至於傷害其他倖存者。」

明明認識他沒多久，布馮卻用好像很了解他的口氣評論，讓陸路有點不爽。

更讓他生氣的是，這還是他第一次聽到別人這樣形容他。

過去他也做過無視其他人性命的行為，當然也曾在群體中被當作壞人，受到懷疑的次數也數不清。導致後來他每次遇到倖存者的時候，都會盡量降低存在感。

畢竟不找麻煩就是減少麻煩最簡單的方式。

可能是因為長得本來就一張壞人臉的關係，就算他做到這種程度，也還是不曾被其他倖存者信任。

仔細想想，布馮是第一個信任他、並對他友好的倖存者。

雖然是個讓人捉摸不定的怪人就是了。

「當然不可能是我做的，你那時跟我分開沒多久吧？我不可能在那麼短時間內把封死的門打開。」

「應該是當時死在門旁邊的那兩個倖存者幹的吧。」

「原來你懷疑他們？」

「因為死的位置太顯眼了，而且其他倖存者本來就不太敢靠近那邊，所以結果淺而易見。」

「幸好你是個能溝通的正常人，那個肌肉腦袋不分青紅皂白就把我當罪魁禍首，真的很讓人不爽。」

「那，下次如果見到他，我替你揍他一拳？」

「……為什麼是你揍？」

「因為我的拳頭打過去比較痛。」

看看陸路的身材，再看看自己，陸路很快便接受事實，乖乖妥協。

不用出手也好，反正布馮只是想要安慰他才這樣說。

現在這樣就足夠了。

「嗯──那兩個人跟我一樣也是負責去周圍巡邏的人。」布馮抬起下巴，認真思考後，聲音突然變得冷冽恐怖，喃喃自語道：「看來是被那些混帳收買。」

「你說收買……」

「在知道有其他更強勢的倖存者團隊存在後，有幾個傢伙產生想要跳槽的念頭，恐怕是趁著巡邏機會去跟對方接觸。」

「既然如此，為什麼還要把關著活屍的門打開？」

「大概是對方那邊提出的跳槽條件。」

「就因為那些笨蛋的自私想法，害死那麼多人？」陸路無法置信，這就跟買凶殺人的行為差不多，他完全無法理解。

但想到那兩具死狀悽慘的屍體，陸路有點不忍心繼續責罵。

不管他們的行為是對是錯，那兩個笨蛋都已經付出慘痛代價，而其他倖存者只不過是這起事件的可憐受害者。

陸路嘆口氣，忍不住問：「你覺得有多少人能夠逃出器材工廠？」

「你擔心其他人？」

「才、才不是，只是覺得有點……」

陸路撇開頭，嘟起嘴巴小聲碎念。

明明想當個壞人，卻又沒辦法狠下心來，像陸路這種搖擺不定的心態，看在布馮眼中十分有趣。

他笑咪咪地說：「如果真要我說的話，大概全部都跑不了吧？那裡的環境很容易讓人過得安逸，而且大部分的倖存者都不願離開，除了跟我一樣會定期去清理活屍以及像你一樣負責找物資的人之外，存活下來的可能性非常低。」

陸路雖然早有預料，可親耳聽見布馮說出口，就像是將那可能存在的渺小希望徹底推翻。不可否認，撇除個性不談，布馮的判斷能力還是很值得信任。

原以為布馮已經說完，沒想到停頓幾秒後，他又繼續說下去：「就算倖存下來的人逃過活屍追殺，也有很高的機率會被剛才開車的那些倖存者抓住。」

「什、什麼意思？」

「你認為跟在那幾輛車後面的活屍群是從哪來的？」

「……呃，不會吧！」

難道說剛才看到的那些活屍，是器材工廠裡的？

那不就代表那些開車的混帳傢伙早就知道那兩個人會在今天行動，放出活屍，所以就直接在器材工廠附近等待。

只要等一段時間，讓活屍把裡面的倖存者全部殺完後，活屍的數量就會增加，而目的只有活屍的這些傢伙，就可以直接帶走它們。

「原來他們打從一開始就只是想利用那兩個笨蛋。」

「考量到物資分發會變得更緊縮的情況下，其他倖存者不可能輕易接納其他人，這是很現實的問題。」

「哈啊……」聽完布馮說的話之後，陸路只覺得頭痛。

從結果來說，器材工廠的事件就是場悲劇，他該慶幸自己早就準備好逃跑，才能夠在物資充足的情況下離開那個鬼地方？

再說，那些倖存者究竟為什麼要蒐集活屍？明明大部分的人都想離它離得遠遠的，但他們卻相反，實在很讓人在意。

「你在想他們抓那麼多活屍做什麼?」

剛產生的想法被布馮直接說出來,把陸路嚇了一大跳。

他臉色鐵青地瞪著布馮,皺眉問:「你為什麼知道我在想什麼?」

布馮用食指輕輕推開陸路眉間的皺紋,笑呵呵回答:「因為你都把想法寫在臉上,很容易判斷出來。」

「別戳我。」

「呵呵,因為很有趣嘛。」

陸路很不爽地張開嘴,作勢要咬人,這才讓布馮把手收回去。

布馮轉過身,從貨架上拿起幾包皺巴巴的泡麵與巧克力棒之後,聳肩道:「先吃晚餐,再接著聊那些傢伙的事吧。正好我也有話想要跟你說清楚。」

「什麼事?不能現在說嗎?」

「因為我肚子餓。」

說完這句話的布馮,肚子傳出慘兮兮的哀號聲。

陸路呆滯地盯著他的肚子,再看著他那閃爍著燦爛光芒的笑臉,頭再次痛起來。

「……好吧先吃飯。」

最終,他還是只能妥協。

他果然非常不擅長應付這個男人。

「你這是要我煮給你吃的意思？」

「啊哈——」

「不要光只是笑啊你！」

「我想要試試看泡麵加巧克力棒。」

「不要在這種時候挑戰新口味好嗎！」

陸路完全不知道布馮腦袋裡在想什麼，但從他剛才對付活屍的身手，以及透過屋頂追上他的手段，可以確定的是這個男人不會扯他後腿。

若是以活屍電影裡登場的角色來說，就是那種強到能夠單挑活屍的戰鬥人員。

也許他該開始正向思考，留布馮在身邊可能不是件糟糕的決定。

「知道了，我煮給你吃。」陸路強行把布馮手中的泡麵奪過來，背對著他爬上通往二樓的階梯，邊走邊抱怨：「但我絕對不會加巧克力，你別想糟蹋好不容易取得的糧食。」

「好吧，都聽你的。」布馮將巧克力棒收進口袋，表現出乖巧順從的態度。

可是那抹被陰影遮掩的笑容，卻讓人感到毛骨悚然。

雜貨店二樓是住家，雖然被斷電，但還有自來水可以使用。

為了煮泡麵吃，兩人從住家內部翻找出簡易瓦斯爐，幸運的是瓦斯罐裡還有瓦斯，足夠讓他們煮泡麵來吃。

由於長期缺電，冰箱裡的食物幾乎都腐爛無法食用，不過廚房櫃子裡還有幾個積灰的罐頭，可以當作配菜。

在陸路煮完泡麵，端著鍋子來到客廳的時候，負責整理出吃飯空間的布馮不知道從哪裡找到蠟燭，點燃後放在客廳的角落以及方桌上，看起來就像是充滿浪漫氣氛的燭光晚餐。

雖然布馮看起來很開心，甚至為自己的布置成果感到自豪，陸路卻一點也不感興趣，直接盤腿坐在地上。

罐頭、泡麵、熱呼呼的開水。

這已經算是物資短缺的末日時期裡的豐盛晚餐，陸路十分滿足。

「吃吧。」

「謝謝，我開動了。」

布馮很有禮貌地夾起麵條，慢吞吞地享用。

他若有所思地盯著做在正對面的陸路，從口袋裡拿出剛才跟泡麵一起找到的巧克力條，全部上交。

陸路嚇一跳，對他突然貢獻出珍貴物資的行為感到困惑。

「幹嘛？」

「你不是喜歡這個？我很常看你在吃。」

陸路張著嘴，原本想要吐槽，但很快就放棄了。

「為什……」

「當然是因為我知道你會私藏巧克力棒，還有，就連你每次躲起來吃的時候，我都有看到。」

他確實喜歡巧克力，所以每次搜索物資的時候，只要有找到都會偷偷藏在口袋裡，不會上交給管理物資的人。

沒想到布馮竟然連這種事都知道，甚至還親眼看到他吃下去，讓陸路驚訝到說不出話來。

眼看布馮堅持要他收下來，陸路最終也只能接受他的善意。

在陸路接收他送的巧克力之後，布馮開心地說：「以後我會找更多巧克力給你吃。」

「呃，不用……」

「別跟我客氣，我們是夥伴，本來就該互相照顧。」布馮笑咪咪地說：「所以你也要好好照顧我哦？」

陸路差點沒把嘴裡的泡麵噴出來。

原來這傢伙腦袋裡在想這種事，怪不得突然對他獻殷勤。

「咳、咳咳，接著聊剛才沒說完的吧。你不是說還有話要跟我說？」

「邊吃飯邊聊的話，我怕你吐。」

「我不會。」

「但你剛剛差點把麵條噴出來不是嗎？」

「那是因為——唉，算了。好吧先吃飯，吃完再談。」

面對自有一番理論的布馮，陸路也只能盡可能順從他的意思。

跟布馮共處還不到一天，他已經疲倦到想要放棄了。

也許是因為從器材工廠逃出來的時候，只吃了一條巧克力棒的關係，飢腸轆轆的陸路很快就把泡麵吃光。

吃相比他優雅很多的布馮雖然看起來動作慢吞吞的，但吃完的時間跟他差不多。

填飽肚子後，兩人待在擺滿蠟燭的客廳，面對面坐著聊天。

當然，主要是布馮在說明，並把自己知道的情報分享給他。

「我之前為了知道那些人在做什麼，偷偷潛入他們的據點一次。」

「你、你什麼？」

布馮每次說出口的話，都令陸路震驚不已，甚至有點佩服。光是從布馮口中聽到他說出的那些話以及想法，讓陸路不難懷疑他為什麼能夠取得其他倖存者的信任。

這個男人確實很有一套，若以活屍電影裡的登場角色來形容，就是主角身旁的超強戰力。

他會這樣想並不是因為把自己當成主角看待，只是這樣比較方便讓他理解其他倖存者的行為模式而已。

不管怎麼說，布馮確實給人一種安全感，但同時也讓人有種毛骨悚然的感覺。他知道這樣很矛盾，可這真的是他和布馮相處過的感想。

「你為什麼要做這麼危險的事？」

「既然不知道他們在打什麼主意，就只能主動過去看看情況。」

陸路頭痛地皺眉：「你……未免也太認真。」

「想活下去的話，不只是要躲避活屍，也要留意那些活下來的倖存者。」布馮稍稍低頭，將食指貼於雙唇，輕輕勾起嘴角，「當然，我是經過判斷才選擇和你一起行動的，並不是單純因為好奇。」

陸路完全不相信布馮的說法，畢竟對他來說，布馮從最開始對他友好，一直到現在像個橡皮筋一樣緊緊綁住他不放的行為來看，就是因為對他好奇才這樣做的。

但如果這是布馮自己「設定」好的解釋，那麼他也不想戳破。

「我同意你的做法。」陸路嘆氣道：「但你跟我一起行動的時候，絕對不可以做這麼危險的事情，我不想被捲進麻煩。」

「可以，我保證不會自找麻煩。」

「所以你調查那些危險的傢伙之後呢？他們葫蘆裡到底在賣什麼藥？」

「嗯——」布馮臉色瞬變，用嚴肅的口氣回答：「簡單來說，他們是在利用活屍進行娛樂活動。」

「什麼？娛……樂？」

「你的目的是河對面的城市對吧？那個地方確實比這裡的物資還要豐富，畢竟城市規模比較大，但倖存者也很多。」

「你、你怎麼知道？難道你已經去過了？」

布馮笑而不語，自顧自地繼續解釋關於這些危險的倖存者。

他們的目的、勢力，以及那扭曲到完全沒有人性的娛樂活動。

「那座城市的倖存者組織被稱為『鐵籠』，顧名思義，進入裡面的人沒有一個能夠活著逃出來。」

「鐵籠？是限制倖存者的行動嗎？」

「不，鐵籠關著的是活屍。那個組織最有名的就是『鬥活屍』的娛樂活動，就跟那些抓猛獸，將牠們關在鐵籠裡面互相殘殺的違法競技賽是一樣的。」

陸路不太明白地歪頭問：「雖然我是知道這種鬥技場啦，但是活屍之間不太可能會攻擊彼此，他們要怎麼鬥？」

「很簡單，利用活人。」

陸路聽見後忍不住皺眉，「該不會是我想的那種方式？」

「你以為是把手無寸鐵的倖存者扔進去裡面跟活屍打？」布馮笑嘻嘻地否定，「那些人沒有殘忍到這種地步，再說，如果他們是這樣玩的話，那麼比起活屍，更需要的應該是倖存者才對。畢竟現在活著的人比死掉的人更有價值。」

「這麼說也對……」

「進入鬥技場和活屍打的人，都很擅長殺活屍，這個娛樂活動的最主要目的不是看人類怎麼被活屍支解而死，而是讓那些人在裝備齊全與經驗豐富的前提下，虐殺活屍。」

「原來如此，是想藉由這種方式來滿足那些無法殺死活屍的人。」

「沒錯，雖然有點奇怪，但確實有很多倖存者因此而感到安心。」

「我真的沒辦法理解那些傢伙心裡到底在想什麼。」

「我也不懂，哈哈！」

陸路直勾勾地盯著布馮，實在不認為他是真心說出那句話的。

原以為情報只有這些的陸路，才剛準備喘口氣，沒想到布馮突然開口說：「對了對了，我還聽說只要殺的活屍越多，在那個倖存者組織裡的地位就會越高哦？是不是很有趣！」

「一點都不有趣好嘛！簡直可怕得要命！」陸路不爽地怒吼完之後，邊冒冷汗邊顫抖，實在難以想像那個畫面。

他也覺得活屍很麻煩，可是並不打算做出這種滅絕人性的行為。

「你跟我說這些，是想叫我別去那裡？」

「嗯。」布馮點頭，「你很特別，我怕要是那些倖存者發現你的話，你也會跟那些活屍一樣成為籠中鳥。」

確實有這個可能性。

若沒有聽布馮說這些話，陸路肯定會依照原本的計畫前往那座城市，但在聽見那裡的倖存者組織所做的事情後，他也有點猶豫。

可是他的包包裡並沒有食物之類的物資，若想活下去的話，得先解決最基本的食物問題。

「如果你說的是真的，那麼我確實不是很想去那裡。」

「我可是很優秀的夥伴，既能保護你，也可以提供你想要的情報，所以放心地相信我就好，我絕對不會欺騙你。」

布馮十分有自信，當然陸路也相信他在這方面絕對比他優秀很多。

他確實對於倖存者與地區間的情報掌握不足，過去總是周旋在小團體中的他，光是為了掙扎活下去就已經用盡全力，根本沒有多餘的心力。

可是布馮和他不同，聰明、懂得應變，甚至比他這個擁有特殊體質的人還要適應這個充滿活屍的世界。

在他忙著找巧克力棒的時候，布馮卻在觀察其他倖存者組織的動向，即使發生突變事件，也能透過觀察推敲出事情的來龍去脈。

不僅如此，連周圍的地區都調查得一清二楚——這個男人真的是普通人嗎？

雖然對陸路來說，布馮跟變態沒什麼不同，但又不得不承認，如果是別人對他說這些話的話，他絕對不會相信，然而當對象換成布馮的時候，說出口的每句話可信度都很高。

原以為與布馮同行是錯誤的決定，可是現在看來，至少還沒發現什麼缺點。

直到現在，陸路才發現自己竟然在不知不覺中對布馮產生信任感。

「你說你不會騙我，我就得相信你？」

「你不信也沒關係，只要我相信你不就好了？」

總愛強詞奪理的布馮，這次也用他獨特的觀念來回答陸路。

陸路真的搞不懂他，但如果布馮對他這麼友善的原因是出自於好奇，那麼一旦等他失去興趣，就不會再像現在這樣照顧他。

布馮將陸路的沉默當成回答，起身說道：「你好好思考一下，明天該往哪裡走比較好。我會尊重你的決定。」

說完這句話，布馮便獨自走進裡面的房間，讓陸路獨自思考這個問題。

從布馮游刃有餘的態度來看，就算他決定過河應該也不會有意見，或是跟他分道揚鑣，所以陸路唯一要思考的重點，就是自己的安全。

「哈啊啊啊……真是麻煩！我就很不擅長想這些複雜的事，還這樣搞我。」

陸路用力搓揉頭髮，大口嘆氣。

才剛自怨自艾沒多久，原本應該回房間休息的布馮又走出來，把帶有一點霉味的棉被罩在陸路頭上。

陸路嚇一跳，急急忙忙把頭探出來。

「噗哈！你、你在幹嘛？」

「這幾天晚上很冷，別著涼了。」

「我又不是小孩子……」

「呵呵，晚安。」

布馮揮揮手，笑著與他道晚安。

陸路摸著亂糟糟的頭髮，迅速起身躺到沙發上去，用棉被把自己全身裹得緊緊的，原本以為自己沒那麼睏，結果剛躺下不到十秒鐘就睡著。

絕對不是因為窩在棉被裡很舒服才這樣！絕對！

／

咕嚕嚕嚕——

隔天，陸路在肚子發出哀鳴聲中醒來，並且在意識到自己睡得很舒服的瞬間，陷入深深的自我厭惡之中。

他沒想到竟然會睡得那麼熟，甚至比過去在器材工廠的房間裡睡得還自在舒服，身體太過老實到讓陸路忍不住反省。

「早。」

布馮端著熱呼呼的咖啡，放在剛睡醒的陸路面前。

聞著香噴噴的咖啡香氣，陸路疑惑地瞇眼盯著這張狐狸臉看。

「這又是從哪冒出來的？」

「樓下雜貨店裡挖到的，還沒過期。」布馮開心地說：「看來我運氣不錯？」

不論是昨天的泡麵還是今天早上的咖啡，布馮確實比他更有尋找物資的天賦，這讓陸路心裡有點不平衡。

他現在是被這個男人照顧了嗎？不會吧！

即使心裡充滿抗拒，但身體還是不受控制地接受這杯剛泡好的咖啡，一臉滿足地捧著它慢慢享用。

「我都不知道有多久沒喝到咖啡了。」

「嗯——確實，畢竟不屬於重要物資，所以基本上不會有人拿。」

比起咖啡、茶包等物資，礦泉水更為重要，在攜帶量有限的前提下，倖存者自然會做出取捨，這大概就是為什麼布馮能找到咖啡粉的原因。

「所以，接下來我們要怎麼做？」

「你就不能等我享受完咖啡再問嗎？」

「我只是覺得你好像對我昨天說的事情，不是很在意。」布馮笑哈哈地說：「沒想到你昨天這麼快就睡著，連我走出來看你都沒發現。」

一想到布馮竟然趁他睡覺時站在旁邊觀察自己，陸路忍不住冷汗直冒。

看來該關在房間睡覺的是他而不是布馮，萬一他半夜醒來看到布馮站在旁邊笑嘻嘻地欣賞他的睡臉，肯定會被嚇個半死。

「真的拜託你以後別再做這種讓人毛骨悚然的事。」

陸路頭痛萬分地懇求，但布馮卻只有用燦爛無比的笑容代替回應。

眼看沒辦法溝通，陸路放棄掙扎，嘆口氣。

「唉……總而言之，我們現在只有兩條路。一是回器材工廠，二是按照原定計畫過河，不管怎麼說，光是靠現有物資是不夠支撐我們活下去的，而且我們也不能待在這裡太久。」

布馮很快就能理解陸路為何會做出這些決定，以及他心裡在顧慮些什麼。

當他意識到自己與陸路的想法有些類似的時候，心情十分愉快，甚至讓人產生他腦袋背後綻放出許多小花朵的錯覺。

「你幹嘛笑得那麼噁心？」

帥哥燦爛的笑容，確實很吸引人，但看在陸路眼中相當礙眼。

因為他知道，每當布馮露出這種笑容，就表示他對自己的執著往上升了一層。

早已習慣陸路毒舌態度的布馮，不以為然地聳肩。

「我很高興你和那些沒腦袋的倖存者不同，雖然看起來你似乎是要依賴其他人才能生存，但實際上很有自己的主見，而且判斷能力也不差。而且……就算聽見我昨晚說的話，你依舊能夠冷靜做出正確判斷。」

「正確……判斷嗎……」

雖然不知道為什麼布馮給他的評價會這麼高，但他心裡比誰都清楚，他的判斷能力並不如布馮想得那麼優秀。

如果他能夠再冷靜點、再小心一些的話，他現在就不會變成這樣了。

「怎麼了？我說的不對嗎？」

「……不，沒事。」陸路放下杯子，順便伸懶腰，舒展筋骨加上咖啡因的關係，讓他的腦袋清醒不少，思考也漸漸能夠上軌道。

他已經很久沒有去想之前發生的事，因為比起去反省過去的失誤，不如專注於當下。

就算活屍不會主動攻擊他，但也不代表他就能安然無恙地活下去。

在這個充滿活屍的世界裡，最可怕的並不是那些受到病毒感染而變異的怪物，而是倖存下來的人，以及一天天慢慢消耗掉的各種物資。

「既然你再來都要跟我一起行動，那麼也該聽聽你的意見。」陸路轉頭對布馮說：「兩種選擇，你覺得哪個比較好？」

布馮很訝異，他沒想到陸路竟然會把決定權交給自己，細小的眼眸難得瞪得大大的，可想而知陸路的態度完全不在他的預期中。

「你不是還沒有決定要不要完全相信我嗎？」

「撇除那些雜七雜八的問題，還有你對我的奇怪友好行為這些事情來說的話，你的判斷能力確實值得信任，而且比起我……你對外面的情況更加熟悉，所以我覺得你來選擇會比我更適合。」

「嗯——」布馮摸著下巴，停頓幾秒鐘之後回答：「我認為回頭是個不錯的主意，畢竟那裡還有物資，就算我們決定不過河，改去其他地方，但也得至少確保五至七天左右的食物和水。」

「你應該不打算只讓我一個人扛這些東西吧？」

「當然不會，我會幫你拿的，好歹我們現在也可以算得上是生命共同體，我的東西就是你的，你的東西當然也是我的。」

陸路不喜歡這種說法，可是和布馮去辯解這些沒有多大意義，乾脆就隨他去。

接著布馮繼續說：「昨天那些開車的倖存者，應該已經撤離到橋的另外一邊去了，也就是說他們已經拋棄這裡的臨時據點，所以工廠那附近很安全。」

「你是想說既沒有那些奇怪的倖存者，大部分的活屍也已經被他們帶走，搜刮物資比較容易？」

「是的，至少就『目前』來說不會有什麼危險。」

「看來你跟我想的一樣。」

「呵呵，真高興我們兩個人之間有相同的想法。」

陸路無視布馮的話，做出最終結論：「那麼就準備一下，我們回工廠去拿食物跟水，然後就準備出發到其他地方去。」

「不去河對面的話，你打算去哪？」

「只要有物資還能夠暫時喘口氣的話，不管是哪裡都好。」

「那接下來的目的地也可以交給我來選擇嗎？」

「可以啊，反正我沒想法。」

「那就這樣說定了。」

布馮走過去，拿起陸路放在沙發旁邊的背包，扛在肩上。

「我等你洗完臉就出發。」

「呃，我還沒吃早餐……」

「咖啡就是早餐，如果肚子還餓的話，再吃工廠裡留存的食物就好。」

陸路的肚子咕嚕嚕地叫個不停，可是布馮卻相當堅持，笑盈盈的表情就像是在催促他趕快行動，而且沒有商討的餘地。

於是陸路只好靠著早晨的那杯咖啡，可憐兮兮地起身走向浴室，花十秒鐘洗臉讓自己完全清醒後，與站在樓下雜貨店裡等他的布馮踏上回頭路。

／

他們沿著昨天走過的路，回到器材工廠。

正如同布馮所說，一路上半隻活屍都沒遇見，當然也沒看到任何活著的倖存者，不知道是不是因為睡眠狀況不錯，回來所花費的時間足足比昨天離開時縮短約三十分鐘左右。

當兩人來到短暫生活過的器材工廠時，這裡已經一團亂。

從工廠建築外的空地就已經可以看見好幾具屍體，到處都充滿血以及腐爛發臭的味道，雖然氣味沒有集中到讓人難以忍受，卻還是讓陸路皺緊眉頭。

他抬起頭看著工廠，輕輕嘆了一口氣。

看樣子沒有人幸運地在昨天的那場混亂中倖存下來。

陸路與布馮回來的目的只有物資倉庫，所以他們毫不猶豫就直接前往一樓的走廊，而這裡比外面更加血腥恐怖，簡直就像是經歷過屠殺。

幾個皮開肉綻、臟器外露的屍體，都是陸路熟悉、見過的臉龐，這讓他不是很舒服。雖然他在這裡生活的時間沒有布馮多，但這裡畢竟是他在活屍出現、國家政府開始癱瘓後，逗留最久的地方。

當來到儲存物資的倉庫門口時，門是打開的，從鐵門被毀損的情況來看，似乎是有人用蠻力從外面強行破壞闖入。

已經凹折、完全無法恢復原狀的門板倒在地上，周圍也能看見紅色的血手印與噴濺的血跡。

不過，這裡並沒有屍體。

陸路與布馮有點不安地交換眼神，隨即走進倉庫裡。

擺在貨架的箱子被用力翻倒，隨隨便便丟在地上，十分凌亂，很顯然在他們之前就已經有人來這裡搜刮過物資，幾乎沒有留下多少東西。

布馮和陸路分頭確認倉庫裡的所有貨架與箱子，最終也只能找到三瓶水與幾個還在有效期限內的罐頭。

「該說這已經是不幸中的大幸了嗎……」

陸路雙手撐著桌邊，垂頭喪氣地看著僅有的珍貴糧食。

與預期不同的結果讓陸路的心情糟糕到極點，沒想到那些倖存者帶走的並不只有活屍，還順便把倉庫的物資全部帶走。

「說得也是啊——我就想說事情不會那麼順利。」

那群倖存者的行動力相當強，而且也是有計畫地去執行，無可挑剔。

布馮似乎也沒想到那些倖存者竟然會把他洗劫一空，面對僅存的食物，皺了皺眉頭。

「這點食物頂多撐到明天而已。」陸路重新振作，將罐頭與水塞進背包。

看來他們別無選擇，只能想辦法過河到對面去，總不能在連隻麻雀都看不到的地方，靠這三瓶水存活。

就算加上他原本背包裡的食物，也不夠他們兩個人吃。

布馮用食指輕輕敲打臉頰，默不作聲地思考，接著對重新背起包包的陸路說：「跟我過來。」

說完，布馮便頭也不回地走出倉庫，陸路見狀也只能加快腳步跟過去。

布馮離開工廠，來到放置在停車場的塑膠倉庫，這個倉庫大約只有一坪大小，能放的東西不多，沒有上鎖，只有用幾塊棧板堆疊起來阻擋而已。

由於這個塑膠倉庫放置的位置在角落，又被樹蔭遮住，所以不是很顯眼。

陸路不懂布馮為什麼帶他來這裡，站在後面看著他把棧板一塊塊移走，打開倉庫的門。

直到看見裡面堆積的箱子，陸路才意會過來。

在這狹小到只有一坪的空間裡，竟然還藏著糧食與其他生活上需要的物資。

「倉庫不是只有工廠裡的那個嗎？」他訝異地張著嘴，不停眨眼，「為什麼這裡會有……等等，你們該不會是把一部分物資私自暗藏起來，不分給大家吧！」

布馮笑著說：「這些表面上是為了緊急應變而保存的物資，但實際是為了減少分給其他倖存者的物資而刻意藏起來的。」

「……刻意藏起來？明明物資變得越來越少、越來越難找，還藏起來做什麼？」

「在物資缺乏的情況下，除了想辦法擴大範圍搜索物資之外，還有另外一個解決方式，那就是減少倖存者人數。」

「搞什麼！所以你們是打算故意把其他人餓死？」

「我們這群倖存者當中的年輕人不是很少嗎？很多都是不方便行動的老人和小孩子，為了讓生存機會更高的人活下來，所以他們才決定採用這個方式。」布馮邊說邊無奈聳肩，「只可惜目的還沒達成，他們就全死光了。但從我們兩個人目前的處境來看，或許這樣比較好。」

陸路雖然沒怎麼和其他倖存者交流，但他沒想到這些人竟然在謀劃這麼可怕的事情！他甚至覺得自己可能也在這些倖存者的排除名單之中。

看出他想法的布馮，伸手輕輕撫摸陸路的後腦杓，就像是在安慰他一樣。

「這些食物應該足夠我們移動到其他城市。」

「夠是夠，但很讓人不爽。」

「我希望你別誤會，雖然我們確實在策劃排除部分倖存者，但排除名單裡面並不包含你，畢竟你很擅長找物資，比其他人有用。」

「所以如果我沒有用處的話，你們就打算活活把我餓死？」

「當然。」布馮毫不猶豫，直率回答：「適者生存，不適者淘汰，這是生存鐵則，畢竟沒有人願意帶個拖油瓶在身邊，對吧？」

他故意反問陸路，就像是在確認他的觀念是否和自己一樣。

細小的眼眸此刻看起來就如同刀刃般，將被它鎖定的目標狠狠貫穿，威脅魄力十足。

陸路忍不住緊張地嚥口水，冷汗直冒。

他絕對不能忘記，布馮對他友善的理由是因為覺得他有趣，在布馮對他失去興趣的那個瞬間，這個男人絕對會毫不猶豫地背叛他。

「……沒錯，適者生存。」

除點頭認同布馮的話之外，陸路別無選擇。

對他的回答相當滿意的布馮，輕輕把陸路推進倉庫。

陸路轉頭看著站在門口的他，緊張地嚥口水。

「你在這裡等我，別亂跑。我回工廠去找能夠裝東西的袋子。」

說完，布馮便轉身離開，而看見他走遠，陸路這才終於渾身放鬆，垂頭蹲在地上，稍作喘息。

果然他還是很不喜歡布馮，完全無法把他當成夥伴對待。

「不行，還是得想辦法把他甩掉才行。」

認為繼續把布馮留在身邊非常危險的陸路，越來越堅持這個念頭，可是他現在沒有能夠遠離布馮的方法。

就算布馮再怎麼讓他毛骨悚然，他也只能欺騙自己，暫時無視這份令人不安的感覺，與布馮一起行動。

陸路自認為不是個好人，可是內心遠比他擅於計算、狡詐又自私的倖存者，比他更像個壞人，而且還是遠比活屍更加危險的存在。

／

雙手插在口袋，輕鬆愉快哼著歌走過血淋淋的走廊，跨過已無氣息的屍體，來到二樓的房間。

這裡曾經是倖存者們睡覺休息的空間，也是他跟陸路同居過一段時間的臥室。

就像他剛才跟陸路說的，這裡沒有活屍，整個空間裡除了屍體與濃郁的鮮血氣味之外，安靜到讓人毛骨悚然。

但布馮一點也不畏懼，對於噁心恐怖的畫面完全沒有放在眼裡，步伐輕盈，十分篤定地往前走。

然而就在他正打算走進熟悉的房間時，突然有把刀從視線死角刺過來，無聲無息到讓人完全反應不及，可是布馮卻像是早就預料到它的存在，睜大雙目，迅速後退幾公分的距離，讓刀刃揮空。

他抓住持刀的那隻手，將他一百八十度往下翻轉，試圖讓對方鬆開手，可是卻沒能成功。

那隻手仍緊緊握著刀柄，並順著布馮翻轉他手臂的方向抬起腿，狠狠朝他的左側肩膀踹下去。

布馮彎曲手臂作為盾牌擋住踹過來的小腿，在他轉移注意力的瞬間，攻擊他的這名陌生男子鬆手讓刀落地，握緊拳頭使力，逆時針將自己的手臂翻轉回來。

他的力道十分強勁，但布馮並沒有露出驚訝的反應，而是不屑地咂嘴。

赤手空拳的兩人四目相交的瞬間，突然開始打起來，直接上演一場近身格鬥戰，他們的動作不但快速、難以捕捉，似乎也很熟悉彼此的攻擊套路。

與其說是在打架，倒不如像是熟人之間的打鬧。

布馮不想再繼續跟他浪費時間，突然變得無比認真，伸手狠狠抓住對方的臉，五指用力掐緊，像是要直接把臉捏爛似的，完全不打算手下留情。

「痛痛痛！我的臉骨要碎了啦！」

「那就別做出偷襲我這種愚蠢的行為。」

布馮的眼瞳閃爍著厲光，惡狠狠的態度與毫不留情面的冷言冷語，威脅這個憑空冒出來的男人。

被這雙令人恐懼的眼眸注視，無論是誰都會忍不住冷汗直冒。

男人很快就舉手投降，放棄掙扎。

布馮收起威嚇的態度，鬆開手還他自由，沒想到下一秒這男人竟然勾起嘴角，握緊拳頭朝他的狐狸笑臉揍下去。

當然，這狡猾的偷襲行為並沒有成功。

迅速蹲下閃過直拳攻擊的布馮，動作飛快地撿起掉落在地上的刀子，反手握住，猛然起身，由下而上用刀刃抵住男人的喉嚨。

他的力道掌握得十分巧妙，刀刃正好稍微刺穿皮膚，但是沒有到致命的地步，就像是在給予他最後的警告。

隨著鮮血沿刀刃慢慢滴下來，男人這次是真的放棄攻擊他了。

「好可怕啊！哥，我只不過是開個玩笑而已。」

布馮的眼中沒有對他有絲毫的憐憫或容忍，他在聽見對方說的話之後，又把刀子往他的皮膚裡插進零點一公分的深度。

這下對方慌了，是真的很害怕的那種。

他高舉雙手，試圖求饒。

「哇啊啊！我不鬧了不鬧了！哥，求你放過我！」

「……你為什麼在這？」

剛才和陸路一起進來的時候，布馮就已經察覺到工廠裡有人在，雖然是在樓上，而且感覺沒有移動的意思，但為了不讓陸路發現，他還是打算盡快把人帶出去。

他看著冷汗直冒的男人，鬆開皺緊的眉頭，把刀拔出來，狠狠地插進旁邊的牆壁裡。

看著那把不可能貫穿牆壁的刀牢牢卡在那，男人臉色鐵青。

這下他是真的後悔了，也明白為什麼其他人總說別隨便跟布馮開玩笑。

「啊哈哈……哥，難道你真的打算殺我？」

「你說呢？」布馮笑嘻嘻地反問，但他的笑容裡沒有半點善意，「而且我不記得自己有允許你那樣叫我，請不要一副好像跟我很熟的樣子好嗎？我可不想被誤會。」

「唉唷，哥，你幹嘛這麼見外？」男人嘟起嘴，很不高興地說：「哥你都能一個人潛入我們的臨時據點，還把我們的人打個半死，我喊你一聲哥沒問題吧？」

「我對你們的組織沒興趣。」

「是因為那個人嗎？」

透過二樓走廊窗戶，可以清楚看到陸路所在的塑膠倉庫。

男人雙手環胸，十分不滿地瞪著從裡面走出來的陸路，可是在他釋放出殺意的瞬間，他就感覺到被布馮冷冰冰的視線貫穿，嚇得他慌慌張張揮手解釋。

「哥！哥你別誤會，我不會動他的。」

「他跟其他人不同，是特別的，要是有人敢覬覦，無論是誰我都不會放過。」

布馮說完後，視線繞了周圍一圈，這個行為讓男人忍不住捏把冷汗。

看來布馮很清楚這裡不只有他而已，還有其他人。

幸好他事先下過指示，讓其他人不要主動出現在布馮面前，否則布馮肯定會大開殺戒。

因為他就是這樣對待他們臨時據點裡的人。

毫不留情面，連對話也沒有，在發現的瞬間就已經被割破喉嚨——

當時親眼看到布馮殺人的男人，深刻體會到自己與這個人的實力差距，所以才會決定不與他為敵。

「那個人知道工廠裡的一切都是哥做的嗎？」

男人冒著被布馮殺死的風險，帶著笑容，明知故問。

布馮轉過頭來注視著男人，笑著反問：「有必要嗎？反正他也不在意。」

沒錯，他早就知道陸路對其他人的死活一點也不在意，雖然陸路沒有傷害其他人的念頭，但他對於倖存者的存亡，態度十分消極。

陸路並不是冷血無情，而是他知道自己的極限在哪，既然沒有能力幫助其他人，那麼就乾脆置之不理，這就是他的生存方式。

看在布馮眼裡，這種行為並不自私，而是非常正確的判斷。

他早知道陸路總有天會拋棄工廠裡的所有人，偷偷離開，雖然他可以像條金魚便便一樣黏在他的屁股後面，但他需要製造出讓陸路無法拋棄他的情況，只有這樣他才能留住這個人。

所以在外出偵查、並知道包括這個男人所在的倖存者組織的目的後，他便和對方達成了協定。

他會慫恿工廠裡的倖存者和他們接觸，而組織只要給予這些人好處，讓他們背叛工廠裡的其他人就好。

引起混亂、製造恐慌，如此一來組織能夠得到他們想要的，而他也能得到陸路，對雙方來說都是場非常划算的交易。

若不是因為這樣，這些人怎麼可能會知道工廠內部的情況？

無論是倖存者人數還是工廠內部有活屍的情報，全都是他透漏給這些人的。

他才是出賣其他人，真正的叛徒，但可憐的陸路永遠都不可能知道這件事。

「哥，你幹嘛跟那個看起來沒什麼用處的男人一起混？我明明就說過你可以加入我們組織，以哥的實力，很快就能擁有自己的隊伍，搞不好還能坐上組織高層的位置。」

「沒興趣。」

「吼唷！哥——」

「你再多嘴，我就把你那些藏在房間裡的同伴殺光。」

這句話非常有效，男人果然乖乖閉嘴。

布馮繞過男人，走進房間，從床底下將自己的背包拿出來，之後便頭也不回地丟下對方走下樓梯。

他愉快哼唱歌曲的聲音，迴盪在整棟工廠，對布馮來說，離開這個無趣的地方，回到讓他倍感興趣的陸路身邊，比任何事情都要讓他開心。

男人趴在窗邊，看著布馮回到塑膠倉庫與陸路會合。

這兩個人就像是要去郊遊的小孩子，把物資裝滿後，就這樣頭也不回地走遠。

目送他們的男人身旁，慢慢聚集許多手持棍棒類武器的倖存者，他們面無表情，對離開的陸路與布馮充滿殺意，卻被男人制止。

「放棄吧，他不是你們能打得贏的對手。」

男人深吸口氣，依依不捨地轉身對自己的手下們說：「你們應該都有感覺到吧？這個男人非常危險。畢竟那種可怕的眼神……是習慣殺人的傢伙才會有的。」

雖然他很想將布馮拉入自己所屬的倖存者組織，可是對方卻不為所動。

現在只希望下次見面的時候，他們不會成為敵人。

DAY4：拖累

自從陸路產生危機意識，想要逃離布馮的那天開始，又過去了一週的時間。

不知道是不是錯覺，他和布馮相處得比想像中還要順利，雖然他隱約感覺得出來是布馮在刻意配合他，但問題是他並不討厭這樣的相處模式。

更重要的是，比起自己單獨行動的時候，過得還要更加舒服愉快，這點倒是完全在他的預料之外。

由於物資充足，在離開器材工廠後他們就決定前往其他城市，中間也有短暫停留在空蕩蕩的民宅，至少沒有在寒冷的氣溫下睡在路邊。

路途中他們沒有遇到其他倖存者，反倒遇見不少活屍，就算陸路故意往活屍多的地方走，布馮也毫不猶豫地一邊殺掉活屍，一邊緊緊跟在他身後。

就像布馮說的，他完全不打算讓自己離開他的視線範圍，這點令人毛骨悚然。

幾次嘗試過後都沒有任何效果後，陸路便徹底放棄甩掉布馮的愚蠢想法。

沒錯，他放棄掙扎了。

只要把布馮當成空氣就好，這樣他還能哄騙自己是在單獨旅行，而會看人臉色的布馮似乎也知道他在想什麼，沒有必要就不會主動和他搭話，並保持安全距離，降低存在感。

漸漸地，陸路不再固執地排斥布馮，可能是因為那張閃閃發亮的臉讓人沒辦法完全無視，所以偶而會和他說幾句話。隨著相處時間越來越長，兩人之間的對話也慢慢增加。

如今陸路已經習慣布馮的存在，也不再像剛開始那樣總是故意往活屍群走，或是無視他的存在，反而會特地提醒他哪裡有活屍聚集，讓他不要靠得太近。

雖然這個結果和陸路想的不一樣，卻完全在布馮的預料之中。

陸路知道自己在無意識的情況下接受了布馮，兩人之間的關係也從陌生人變成了布馮想要的旅行夥伴。

畢竟陸路不是鐵石心腸、沒血沒淚的人，他所做的一切不過是想要保護自己，所以才排斥其他人接近，但是只要在潛意識裡不斷地提醒陸路，他不會成為累贅的話，那麼陸路就會在不知不覺間慢慢接受對方。

熟知要怎麼做才能讓陸路妥協的布馮很有耐心，他有的是時間，而且每次看到陸路拚命想要甩掉自己而做出的可笑行為，就讓他覺得更加有趣。

跟陸路待在一起，彷彿永遠都不會感到無聊。

「你可不可以別再用那種討人厭的笑容盯著我看？」

已經允許布馮與自己並肩同行的陸路，抓著背帶，一臉不滿地向他抱怨。

布馮瞇眼，很無奈地聳肩回答：「我天生就長這樣。」

「我不是在說你的外表，是你的笑容。」陸路指著自己的嘴角解釋：「也不是說你笑得不好看，只是每次你笑起來都有種陰森感，好像打算做什麼壞事一樣，我看得很不爽。」

「這也是天生的。」

「是嗎？」陸路歪頭思考，加快腳步，自言自語地小聲咕噥：「可是我總覺得你那個笑容很假。」

陸路本來並不想讓布馮聽到，可是聽力敏銳的布馮，仍清楚聽見他的抱怨。

他有點意外，沒想到陸路竟然是這樣看待他的笑容。

布馮用指腹輕輕推揉嘴角，試圖放鬆臉部肌肉，卻不知道怎麼做才好。

一直以來都用笑容作為面具，掩飾內心真正想法的他，在被陸路這樣說之後，反而不知道該從哪開始修正。

明明從來沒有人說過他的笑容很假，會這樣說的，就只有陸路而已。

不清楚他本性的人，都覺得他很和藹可親；而那些知道他真正模樣的人，則會覺得他的笑容很可怕，所以陸路的感想，十分新鮮有趣。

「假笑嗎……噗哈！從那張從來就不笑給我看的嘴裡說出來，還真諷刺。」

布馮再次將陸路所說的「假笑」掛在嘴邊，加快腳步跟上走在前面的人。

而當他走到陸路身旁的時候，陸路像是一臉看到髒東西一樣的瞪著他。

「媽的。」

「哈哈哈！看到我的臉就直接罵髒話的人，你是第一個。」

「少在那邊。」陸路沒興趣地朝他甩甩手，轉移話題：「應該再往前走個兩、三公里就會看到下個城市，希望那裡情況會好一點，這次我想待個三、四天左右再走。」

「我們這幾天都在趕路，確實有點累。」

「主要是食物也沒剩多少了。」

這附近的活屍數量比其他地方多，為了布馮，陸路刻意繞開活屍聚集的區域，所以花費的時間比預期還要多。

如果只有他一個人的話，輕輕鬆鬆就能穿越活屍群，但帶著布馮就不能這樣做。即使布馮再厲害，活屍數量太多的話還是很危險。

既然已經不再產生想要分開行動的念頭，那麼他就會誠實面對自己的決定，和布馮好好相處。

目前「暫時」是這樣，之後會不會改變想法，也很難說。就像布馮隨時會對他失去興趣一樣，他也隨時可能會再次產生遠離他的念頭。

「你有沒有覺得這附近活屍好像有點多？」

往前走幾公尺之後，他們又遇到另一群活屍。

活屍徘徊在道路兩邊，左側是河堤，右側則是被圍起來的工地區，明明不是人潮聚集的市中心，但活屍數量卻比想像中還要多。

肉眼可見的大約有十幾二十隻左右，實際可能比這個數字還要更高。

陸路和布馮是沿著河堤走過來的，雖然與外面車道隔有水泥牆，活屍不至於爬過來攻擊他們，不過還是可以聽見它們難聽的叫聲。

布馮會覺得活屍數量多並不是沒有道理，因為這個地方確實不該有這麼多活屍才對，它們會聚集在這裡的原因只有兩個。

一是之前這附近可能有倖存者團體，在遭受到攻擊後全部變成活屍；二則是其他倖存者在往河堤逃亡的時候，把這群活屍吸引過來。

不管是哪種，都有點棘手。

「確實數量有點多，這樣我們出不去啊。」

他們已經走到河堤最底端，再來必須穿過閘門改往河堤外的道路前進，但問題是那裡現在有超級多活屍，根本過不去。

布馮也覺得有點棘手，便提議：「要回頭嗎？」

「不行，這樣會變成花太多時間繞遠路，以我們現在所剩的糧食是支撐不了太久的。」

陸路確認手錶時間，嘆氣道：「我們回到剛才經過的那座橋，在橋底將就一晚，幸好今天天氣還算不錯，要是像前幾天那樣下大雨的話反而很麻煩。」

布馮沒有反駁，乖巧地同意了。

兩人回到剛才經過的鐵橋下方，這裡是火車鐵軌架設的橋墩，穩定性高，也比較安全。

不過就在他們把包包放下來準備過夜的時候，水泥牆後的活屍突然變得十分激動，不斷「啊啊」大叫，而且聲音變得越來越近。

除活屍的聲音之外，還有其他人因驚慌而恐懼的吶喊聲。

「快！跳進去！」

「可、可是——」

「猶豫什麼！不想死就照做！」

陸路與布馮警覺地抬起頭，還沒來得及移動步伐，就看到有群倖存者慌慌張張地從他們面前跑過去，想都沒想直接衝進河中。

追在他們身後的是好幾隻活屍，數量是這群倖存者的兩、三倍，它們抓狂地緊追那些倖存者，沒有思考能力、純粹靠本能行動的活屍，想都沒想就跟著跑進河水裡。

這條河算有點深度，越往河中央走便越深，那些倖存者很快就沒辦法用奔跑的方式移動，雙腳離地、拚了命划水游向對岸。

陸路很驚訝地看著這些倖存者與活屍群，原以為只要安靜不發出聲音，活屍就不會注意到躲在橋下的布馮，然而沒想到的是其中竟然有幾隻活屍毫無預警地轉過頭來，與布馮四目相交。

一瞬間陸路感覺到指尖發涼，還來不及思考，他的身體就已經反射性地衝過去擋在布馮面前，強制將活屍的視線集中到自己身上。

原本看著布馮的活屍，在和陸路視線交錯的同時，像個癡呆的老人慢慢轉過頭，接著它就再次被河道那邊的倖存者發出的叫聲吸引，繼續追過去，沒有理會他們。

布馮很訝異地看著陸路的後腦杓，他雖然知道陸路已經把自己視為夥伴、允許他待在身旁，但沒想到對方竟然會做出保護他的行為。

真的很難讓人想像，幾天前這個人還曾故意吸引活屍去攻擊他。

在布馮因為陸路的改變而感到開心的時候，已經冷靜下來的陸路反而內心複雜到極點，剛才袒護布馮的舉動完全是出自於身體反射動作，沒有經過思考。

他怎麼樣也沒想到自己竟然會挺身保護布馮。

「你、你別誤會。」陸路尷尬地轉過頭來，輕聲細語地辯解：「我才不是因為想要保護你才這樣做的。」

雖然說的話和行為完全矛盾，可是陸路仍想要繼續堅持自己的高冷人設。

布馮笑得很開心，完全沒有把陸路的理由聽進去。

陸路垮下嘴角，無言以對。

兩人之間的尷尬氣氛並沒有維持太久，就被從河道傳來的慘叫聲重新帶走注意力。

活屍群過河的速度比倖存者還要快很多，它們強而有力，無視水中阻力，抓住那些試圖游走、逃跑的倖存者。

很快的，幾個動作比較慢的倖存者就被活屍抓住，瞬間被一大群活屍包圍，壓在水中撕咬。

河水很快就被人血染紅，悽慘的尖叫聲迴盪在河岸兩側，但跑在前面的倖存者卻沒有一個人停下來，甚至利用這個好機會，加快速度逃到對岸。

陸路與布馮雖然在最近的距離看到一切，卻完全像是隔著螢幕的觀眾，與這些水深火熱的倖存者完全不同。

他拉著布馮，小心翼翼地退後，可是就在他想要就這樣帶著布馮離開橋下的時候，橋的另外一側也出現了幾隻活屍。

陸路被突然冒出來的活屍嚇一跳，身體緊緊貼在布馮的身前，夾在他與活屍之間。

「嘎……」

活屍發出沙啞的聲音，並緩慢地轉過頭來與陸路面對面。

陸路冷汗直冒，緊張地嚥下口水，連他都沒注意到自己抓住布馮的那隻手正在微微顫抖。

這隻活屍雖然沒有攻擊他，但腐爛的臉龐和搖搖欲墜的眼珠，緊緊盯著他不放，彷彿只要他一離開，就會立刻攻擊似的。

更糟糕的不僅如此，河堤的活屍數量慢慢增加，有些因為倖存者弄出的噪音而被吸引過去，但也有些活屍只是純粹在河岸邊徘徊。

他們剛走過來的那條路，已經在不知不覺中被活屍佔據，陸路只能貼著布馮，緊靠在鐵橋下方的牆面，無法輕舉妄動。

活屍大部分都是依照聲音移動，但也有部分是依靠氣味，這個無法透過它們的外表來區別，所以當附近出現活屍的時候，無論是鮮血的味道或說話的聲音都很容易吸引到它們。

「你抓著我走，不要離開我身邊。」

陸路鬆開抓住布馮的手，轉而向他提出要求。

他知道布馮現在不能隨便開口說話，但是他可以。

這種時候他不免慶幸自己不會受到活屍攻擊這點的方便性，奇怪的是，即使是在這種時候，他竟然沒有覺得布馮是累贅，反而產生想要保護他的念頭。

明明他們之間連朋友都不是，甚至沒有認識多久時間，可是為什麼他會對布馮產生這種莫名其妙的保護欲？

陸路甩甩頭，不再去分心思考這個奇怪的問題，現在他要做的事情就只有想辦法讓他們兩個人平安無事地遠離這裡。

河堤外是走不過去了，那邊太多活屍，布馮根本無法靠近，所以他們只能想辦法過河，和那些倖存者一樣。

「嘖！該死的，都怪那些傢伙……」

聽見陸路抱怨的布馮，雙手搭在他的肩膀上，低頭靠近他的耳邊，附耳說道：「別緊張，不會有事的。」

陸路嚇一跳，明明已經要他別隨便開口說話，但布馮就是不聽。

他轉頭面對布馮的笑臉，仍然覺得他的笑容看起來很欠揍。

「我們過河到對面去。」

布馮點點頭。

兩人貼在一起，小心地往河邊移動。

安全起見由布馮先過河，陸路跟在後面。

河水的阻力比想像中還要大，行走相當困難，不過活屍因為他的關係沒有靠過來，這樣反而能夠沒有壓力的前進。

——直到那群已過河的倖存者當中，有人注意到他們的存在。

「喂！快過來這邊！」

全身溼答答的倖存者忽然朝他們的方向放聲大喊，把正在過河的兩人嚇一跳。

陸路頓時臉色鐵青，布馮的表情也沒好看到哪去。

周圍的活屍立刻把視線集中到正在大喊的那名倖存者身上，而布馮與陸路剛好也在這條視線範圍之中。

活屍群注意到他們的存在，包括那些原本安靜、沒有攻擊反應的活屍。

陸路臉色鐵青看著那些活屍，馬上朝布馮大喊：「跑！」

早在陸路開口的前一秒，布馮就已經開始加快速度過河，殿後的陸路眼看活屍以非常快的速度縮短了與布馮之間的距離，忍不住衝上去，用身體將最接近布馮的活屍撞倒。

他跟活屍一起倒在河裡，嗆了不少水，急急忙忙爬起身之後就看到布馮被另外一隻活屍攻擊。

那個瞬間他還以為死定了，但布馮卻掐住活屍的頸部，用力將它甩開，接著又靈活地閃過幾個撲過來的活屍。

布馮的行動靈活到完全不像是在河中央，反應能力快，也毫不畏懼活屍的攻擊，甚至可以仔細抓住空檔躲開活屍的攻擊。

看到這一幕，陸路忽然明白為什麼布馮能夠如此有自信，這跟他之前被他引入活屍群裡的攻擊方式完全不同，那個時候的布馮還能游刃有餘，可是現在他是為了不被活屍碰觸而拚盡全力。

雖然布馮確實比一般的倖存者要來得強很多，也很擅長打架，但這不代表他每次都能安然無恙面對危險。

「可惡……布馮！」

陸路邊喊著布馮的名字，邊衝上去。

因為他看到活屍數量越來越多，布馮變得越來越難抵抗，更重要的是，有隻活屍正張開嘴，從布馮的視線死角方向咬過去。

當下陸路只想著要幫助布馮，用盡全力衝到布馮身邊，伸出手臂擋住這隻活屍的牙齒。
活屍狠狠地咬住陸路，下顎的力道強勁到像是能把他的骨頭折斷。
「唔——」
陸路強忍著劇烈的疼痛，硬是替布馮擋住了活屍的攻擊。
而聽見他的聲音轉過身的布馮，在看到陸路被活屍咬到的瞬間，雙目睜大，迅速抓住那隻活屍的頭，將它用力推開。
活屍向後倒進河水裡，其他活屍踩過它衝了過來。
收起笑容的布馮，臉色陰沉可怕，握緊拳頭一個個朝活屍的頭部用力揍下去。
明明只是拳頭，可是活屍的頭部卻像是受到鐵球重擊，扭曲變形，甚至濺出腦漿，就這樣倒下。
在迅速清理掉一部分活屍後，布馮拉住垂著不斷流血的手臂，臉色蒼白的陸路，加快速度過河。
最終他們平安無事地來到對面，順利上岸，而這些活屍仍跟在後面，窮追不捨。
「小心！」
剛上岸的兩人，立刻就被兩名拿著棍棒的年輕的學生掩護，他們很有默契地將追逐在後的活屍打倒，讓陸路和布馮有時間能夠爬上河堤。
在一陣混亂之下，他們和這些倖存者翻過水泥牆來到外面的車道，幸運的是這附近沒有活屍，而那些追在後面的活屍因為無法像他們一樣攀爬樓梯，沒辦法穿越水泥牆，就這樣被硬生生地擋在另一側。

僥倖逃過一劫的眾人疲憊不堪地大口喘息，原以為終於能夠擺脫危險，直到他們當中有人發現陸路血流不止的手臂。

「啊啊啊！」

「那、那個人被咬到了！」

幾名倖存者在聽見這句話之後，敏感地抬起頭，目光全部集中到陸路身上。

陸路正因為傷口過大，血流得有點多而感到頭暈目眩，再加上看到這些人明顯排斥他的眼神後，不禁苦笑。

哈，這是理所當然的反應。

從活屍開始出現後，已經經過數個月，即使再怎麼無知的人也知道絕對不能被活屍抓傷或咬傷，因為這可怕的病毒就是透過傷口與血液感染的。

當他看到那些原本提供保護的倖存者拿起手中武器，把他當成危險的活屍一樣對待的瞬間，陸路難受地閉上雙眼。

別誤會，他不是因為這些人的態度才這樣，而是因為傷口真的痛到不行。

「你也趕快過來，離那個人遠一點。」

「沒錯沒錯！誰知道他什麼時候會變成那些怪物！」

倖存者吆喝著，想要讓站在陸路面前的布馮遠離，可是布馮卻用陰沉的表情惡狠狠瞪著這些人，不但沒有要離開的意思，甚至還用身體保護他。

「要不是因為你們突然冒出來，我們也不會遭遇這種事，明明把他害成這樣的人是你們，還有臉說出這種話？」

「這也沒辦法啊！他被咬了！」

就像是要努力找藉口一樣，倖存者們紛紛將自己的行為視為理所當然。

似乎是意識到布馮不會主動離開陸路，他們很快就決定不插手干涉，反正別人的死活與他們無關，想要活下去的話，不要多管閒事才是正確的做法。

「你既然不聽勸，那就別怪我們沒事先提醒你。」

「別跟那傢伙說那麼多，我們先走吧！誰也不知道那個人什麼時候會變成活屍。」

「說得也是，走吧走吧。」

倖存者當中有些人相當果斷，但也有少部分的人露出擔憂的表情。

他們很清楚陸路與布馮是被他們捲進來的，而且如果剛才沒有開口大喊的話，活屍很可能不會發現這兩個人的位置。

可是剛才發出聲音大喊的倖存者卻和大部分的人一樣，因為陸路被活屍咬傷而立刻改變態度，完全沒有為自己的行為感到愧疚與自責。

他們可以理解布馮為什麼會這麼生氣，可是也無能為力。

「對、對不起。」

「真的很抱歉……」

主動道歉的，是剛才那兩名過來幫助他們擊退活屍的學生，他們十分猶豫，一方面想要跟著其他人離開，但一方面卻又放不下兩人，左右為難。

陸路臉色蒼白看著這兩個誠實到不行的年輕人，勉強露出苦笑。

「你們要走趕快走，別在那邊拖拖拉拉的……很礙眼。」

學生們最終還是選擇和其他倖存者一起離開，而好不容易撐到那群礙事的傢伙全部走掉的陸路，這才終於能夠鬆口氣，雙腿無力地癱坐在地。

「媽的，痛死人了。」

陸路瞇眼盯著皮開肉綻的左手臂，幾乎快要被扯下來的肉，甚至能夠清楚看見骨頭，要是剛才咬在布馮身上的話，可不是開玩笑的。

布馮背著兩人的包包，蹲下來查看他手臂的情況。

「……你傷得很嚴重。」

「我……哈啊……我沒事……」陸路將額頭緊貼在布馮的鎖骨，疲倦地低聲說道：「我沒事，休息一下就……」

「陸路？」

聽著沒把話說完的陸路突然安靜下來，布馮臉色大變，急忙抓住他的肩膀將人推開。

當他看到陸路因為失血過多而陷入昏迷的瞬間，猛然將他抱起，冷汗直冒，身體也不自覺地顫抖。

「不行，必須找個地方……」

布馮加快速度往前奔跑，就算跑得氣喘吁吁，也仍然沒有忘記要尋找能夠安靜休息的地方。陸路的手臂自然地下垂，鮮血一滴滴地沿著布馮奔跑的方向，在地面留下痕跡。

／

陸路並不是為了當英雄，才在布馮快要被咬傷的瞬間做出犧牲自己手臂的判斷，他不是那種好好先生，更不會拿命開玩笑。

他跟其他倖存者一樣，都想活下去，更何況他跟布馮也不是什麼生死之交，互相都不清楚彼此的底細，對彼此的認識也僅止於互道姓名的階段。

所以陸路不可能為了布馮而做出那種不要命的行為。

當時他會主動獻出手臂，故意讓活屍咬傷的理由，非常簡單。

——因為他十分確定自己不會有事。

「唔、嗯……」

從沉睡中甦醒過來的陸路，腦袋痛到不行，不僅如此，全身肌肉就像是被車輾過一樣疼痛不已。

這種痛非常熟悉，就跟幾個月前他僥倖活下來的時候差不多，只不過那個時候的不適感比現在更加令人印象深刻。

他記得那個時候，他可是躺了整整一天才有辦法起身。

雖然還很不舒服，但陸路仍可以靠自己的力量起身，才發現他正躺在鋪著三四條厚棉被的地板上。

昏過去之前他人還在河堤附近，難道是布馮帶他過來的？

靠牆的位置放著他的背包，旁邊還有一罐半瓶礦泉水，為了提高房間內的溫度，離棉被有段距離的位置有個小火堆，周圍還很細心地用石頭與水泥塊將火源隔開，確保不會引起火災。

能做出這種事的，除布馮之外沒有其他人。

隱隱作痛的腦袋裡慢慢浮現出當時那些倖存者說的話，與他們恐懼的表情，即使那是很正常的反應，但陸路心裡多少還是有點不舒服。

「也是，那傢伙不可能還留在我這個被活屍咬傷的人身邊……」

陸路下意識地撫摸被咬傷的左手臂，這時他才注意到，手臂上的傷口竟然被人包紮過了，明明沒有多少醫療資源，但是乾淨的紗布與繃帶卻仔仔細細地將他的受傷位置包覆起來。

令人出乎意料之外的發現，讓陸路有些茫然。

難道說這是布馮幫他治療的？那個像狐狸一般的男人竟然會費心照料被活屍咬傷，冒著人有可能會變異的風險，處理他的傷口？這根本就不像是布馮會做的事，也絕對不會是任何一個正常倖存者會做出的決定。

「他到底為什麼……」

陸路還以為布馮不過只是覺得他很奇特，因為好奇才親近自己，但如果是因為那些原因才和他成為夥伴的話，絕對不可能還在他被咬傷後細心照顧他吧？

再說，布馮那個男人也不像是會因為別人保護他而被活屍咬傷後，還會費心去照料的個性，把人直接當場殺掉或扔著不管，反而還比較像他會做的事。

不知道是不是想得太多，又或者因為剛睡醒，肚子突然傳出飢腸轆轆的咕嚕叫聲，聲音大到迴盪在空蕩蕩的水泥隔間，格外響亮。

陸路被自己的聲音嚇到，頓時滿臉通紅，就算只有他自己一個人聽見也覺得羞恥到不行，幸好沒有其他人在。

正當他對此感到慶幸的時候，門口傳來噗哧一聲。

陸路臉色蒼白，迅速轉過頭，愕然發現布馮竟然不知道從什麼時候開始站在那邊看著他。

「呃啊啊啊啊！」

極度的羞恥感令陸路放聲大叫。

布馮聳肩道：「別叫得這麼大聲，這附近雖然沒有活屍，但安全起見還是保持安靜比較好。」

「你你你、你為什麼還在！」

陸路根本沒有把布馮說的話聽進去，持續用能夠毀滅耳膜的音量大聲質問。

布馮笑咪咪地走進來，迅速遮住陸路的嘴，不讓他繼續大聲吵鬧。

「唔唔唔唔！」

「你冷靜點，先聽我說。」布馮轉移目光，看著陸路被包紮好的左手臂，嘆了一口氣，「剛才你因為失血過多所以昏過去，因為要替你處理傷口，所以我才臨時帶著你在這裡休息。」

陸路用力把摀住自己嘴巴的手扯下來，不安地問：「這、這裡是哪裡？我昏過去很久嗎？」

布馮見他不再大聲說話，便把手收回，並一一回答他的問題。

「這個房間離河堤不遠，應該是之前有其他倖存者住過，但我來的時候沒有看到其他人，也不確定對方會不會回來。還有你睡了大概六小時左右而已，沒有多久。」

「六個小時……這樣表示天黑了吧？」

「對，要移動的話最好是等天亮後比較安全。」

布馮邊回答邊把旁邊的半瓶水拿過來，遞給陸路。

陸路不客氣地扭開瓶蓋，大口灌下，這才總算覺得舒服一些。

「還有什麼想問的？」

「……你為什麼沒走？」

「這還需要回答？因為我們是夥伴啊。」布馮微微睜開眼，雖然不是很明顯，但那雙危險的眼眸裡，似乎閃過一絲擔憂，「我還不至於忘恩負義到把保護我的人丟下不管。」

「就算我有可能會變成活屍？」

「沒錯。」

「真不知道該說你膽子大還是……」

「畢竟我有信心，如果你真的變異成那些東西的話，我也能直接把你打死。」

聽見這個回答，陸路冷汗直冒。

他是不是該慶幸自己不會變異，否則就真的要被這個瘋子打死了。

「你問完了？」

「嗯……差不多。」

可能出自於心虛，陸路不敢直視布馮，只能尷尬地撇開視線。

但在聽見他回答後的布馮，卻突然改變原本的溫柔態度，用力抓住他那隻被包紮起來的手臂，強行將他整個人拉過去。

陸路差點沒手滑讓水瓶落地，當他仰頭與布馮再次四目相交的瞬間，一股毛骨悚然的情緒從胃部攀升，讓他難受得快要吐出來。

因為布馮的視線，充滿對他的興趣，就像初次跟他見面那時一樣。

直覺感受到危險的陸路，嚇得臉色鐵青。

「你、你做什——」

「該換我提問了，這樣才公平，對吧？」

「什麼意……」

「你究竟是什麼東西？」

冷冰冰的責問聲音，與那充滿篤定口氣的態度，讓陸路緊張到狂冒汗。

布馮的樣子看起來就像是已經察覺到什麼一樣，令他害怕。

——不過，他會有這種反應也是理所當然。

陸路很快就讓自己冷靜下來，因為他知道自己欠布馮一個解釋。

明明布馮很早就已經發現他的「特殊」，但是從沒有強迫他說明清楚。雖然在決定接納他成為夥伴的時候，陸路就決定要找機會解釋那件事，只不過一直被他拖延。

他利用布馮對他的寬容，總是將最重要的事情一拖再拖，難怪布馮會這麼不高興。

「我也不知道自己是什麼。」

被布馮抓住的部位已經不再疼痛，甚至也沒有因為他用力抓住而滲出鮮血。

那明明是深可見骨的傷口，不可能在短短六小時內就癒合到這種程度，而且他還流失不少鮮血，能夠像現在這樣正常與布馮對話的情況也很不正常。

所以，他只能如實以告……即使他也不清楚自己現在究竟還算不算是個「人」。

陸路把手抽出後，主動解開繃帶。

當繃帶全部解開後，出現在兩人面前的是條完好無缺的手臂。

沒有傷口，也沒有癒合的跡象，甚至沒有半滴血跡殘留，這條手臂就像是沒有受到任何攻擊，皮膚光滑到讓人不敢相信它曾經的驚悚模樣。

陸路提眼觀察布馮的反應，發現他並沒有因為看到這條手臂完好無缺而露出驚訝的表情，這表示布馮早就已經察覺到很有可能會是這種結果了。

果然，布馮很聰明也很擅長觀察，跟那些被恐懼淹沒理智的倖存者不同。

「沒想到你看到我的手臂還能這麼冷靜。」

「我知道你不是那種傻到會犧牲自己保護我的笨蛋，當時你會代替我被活屍咬傷，是因為你判斷這樣做是最安全的選擇對吧？」

「……嗯。」陸路輕輕撫摸自己的左手臂，「因為我就算被活屍咬傷也不會怎樣，但你不同，所以讓我被咬比較好。」

雖然這也是陸路第一次嘗試，可是從結果來看，他的判斷沒錯。

「你不是也看到了嗎？那些活屍不會攻擊我，即使我被咬或被抓傷，也不會變成那些東西。」

「那傷口呢？你知道自己癒合速度這麼快才放心被它咬成這樣的嗎？」

「不。」陸路冷汗直冒，「我雖然知道自己被咬傷不會變異，但是癒合速度這麼快倒是讓我有點意外……」

「你不知道？」

「嗯，因為我沒有機會受這麼嚴重的傷。」陸路苦笑道：「媽的……我沒想到會在這種時候發現自己的其他技能。」

他明明不是活屍，也不會產生變異，但為什麼癒合速度會如此迅速？

現在想想，他在「那個時候」也受過相當嚴重的傷，可是醒過來之後不但沒有任何後遺症，行動方面也沒有任何不妥，也沒有留下半點傷痕。

難道他的癒合能力從那個時候就已經發生變化？

從未思考過這個問題的陸路，皺著眉頭仔細回憶，但卻越想越頭痛。

看樣子他對自己的改變，似乎了解得並不透徹。

布馮看到陸路眉頭緊蹙，表情嚴肅的模樣後，嘆了口氣。

「因為你好像不太願意說，我才想著等你願意的時候，再開口告訴我。可是現在我不得不先問清楚了。陸路，趁現在把話說清楚吧，告訴我你想要隱藏的祕密是什麼，這樣我才有辦法協助你。」

「協……協助我？」

「你不會認為我打算跟你分道揚鑣吧？」

「呃，雖然我確實不覺得你會這樣做，但是……」

「就算你覺得剛才在過河的時候幫助我的行為，不過是衡量下的正確選擇，但對我來說意義不同。」布馮冷漠地坦白說出自己的想法：「如果我有跟你一樣的能力，就絕對不會出手幫忙。就算我知道那樣做是正確的選擇，可是我沒有義務必須這麼做不是嗎？」

「說什麼義務……那難道不是正常反應？」

「呵，沒錯。『正常』反應。」布馮彷彿是在自嘲般地嗤笑一聲，「很可惜，若是當時我們立場相反，我是不會出手保護你的。」

陸路摳摳臉頰，反而不知道該做什麼反應才好。

「哦，這樣啊。」

陸路的回答讓布馮有些意外。

他眨眨眼，盯著陸路的臉，歪頭問道：「你不覺得我這樣很自私？」

「那是你的選擇，又不是我。就算你說一大堆假設性的話，但都不是事實啊？」

「什……」

「我這個人比較現實，而且我很懶得去思考那些複雜的問題。反正我就是出手保護了你，而你也沒有被活屍咬傷，這樣就好。」

他的回答雖然有種自我放棄的感覺，卻很直率，這讓布馮覺得自己的想法太過拐彎抹角。

是啊，現在這個結果就是「現實」，那些不存在的可能性都只是推測出的情況，對他們目前的情況來說沒有任何幫助。

是他想法太過迂迴？還是陸路這個人的個性太過直接了當？

「呵，我真的很好奇你大腦裡面到底都在想什麼。」

「什麼啊？」

布馮笑著把臉貼近，「就照你說的，我不會再去糾結那些不存在的問題，但你必須好好解釋清楚。這次我可不會因為心軟就放過你哦？在你坦白之前，我是不會讓你離開這個地方的。」

陸路冷汗直冒，緊張到手腳冰冷。

他會這樣絕對不是因為缺血，也不是因為那張臉貼得太近的關係。

而是因為眼前這隻狐狸的眼神，像是在盯著獵物看，一旦被鎖定，似乎就永遠沒辦法逃離。

布馮對他的執著，好像變得比之前還要更可怕了。

比起那些複雜的可能性與猜測，現在這個情況更讓他不懂。

DAY5．．異變

陸路承認自己在活屍群爆發後做出的決定，是個巨大的錯誤。

那時的他只想著要離開當時居住的城市，沒想太多就決定離開家門，試圖逃到人煙稀少的郊區。

憑藉著自己從電影、影集裡面取得的基礎知識，他覺得遠離人群才是最安全的，畢竟人多的地方被感染的機率很高，只要有一隻活屍出現，便會迅速淪陷。

他沒辦法相信其他人，也無法掌控危險的情況，於是便躲避人潮聚集的地方，盡可能往山區避難。

大部分的人都措手不及，但也有部分年輕人很快反應過來，立刻做出反擊的決定，陸路在前往山區的過程中，盡可能用衣服包住身體，不要露出肌膚，小心翼翼利用陰影遮掩自己的行蹤，順利離開城市。

老實說，陸路根本沒想到從電影裡看到的虛構設定，有一天會派上用場。

在不清楚人們是被什麼樣的病毒感染而成為活屍的前提下，陸路能掌握的線索十分有限。就算網路沒有癱瘓，仍可以透過手機或其他電子產品得知其他地方的情況與政府最新公布的情報資訊，但現況改變的速度實在太快，只依賴慢好幾分鐘，甚至幾小時才公布的最新情報，是不可能平安活下去的。

在這個狀況下，陸路做出了兩個決定。

一是不跟任何人接觸，二是安靜、緩慢地移動。

這是目前最安全，同時也是對他來說最好的選擇。

然而天卻不從人願。

順利來到山區的陸路遇見了其他倖存者，他們是位於附近山區裡的大學學生，一群人看起來十分狼狽，渾身是血，也有不少人受傷。

問題是，這群學生當中有人很明顯被活屍咬傷，臉色蒼白，像個死人一樣。

當陸路見到他們的時候，這群學生非常害怕，還沒反應過來，那名被咬傷的學生突然張牙舞爪地撲倒攙扶他的學生，如瘋子般開始撕扯他的皮膚與血肉。

學生們遇到這個情況嚇得大叫，無法顧慮其他人的安全，拚了命地往不同方向逃跑，可是他們的運氣卻糟糕到極點，樹林裡衝出許多活屍，二話不說便開始攻擊那些發出聲音的學生們。

現場一片混亂，而被無端捲入的陸路站在原地，瞪大雙眼，動彈不得。

那些曾經對他來說只是虛構畫面的景象，如今正出現在他的面前，空氣中瀰漫著血的氣味，噁心到令人反胃。

陸路的大腦在停止思考幾秒鐘之後，猛然回神，迅速摀住口鼻。

與此同時，被學生們引來的活屍也注意到他的存在，從喉嚨深處發出沙啞的聲響，迅速衝向陸路。

「呃！該死！」

雖然他的手裡握著水果刀，但實際看到活屍撲過來的情況後，陸路十分清楚這個武器根本沒有半點用處。

一把水果刀怎麼可能砍得了活屍！

在意識到自己想法太過天真的瞬間，陸路立刻做出轉身逃跑的決定，而他突然奔跑起來的行動也吸引到其他活屍的注意力。它們很快就鎖定陸路，拋下那些已經被它們殘忍撕開的屍體，順著聲音傳來的方向跑過去。

陸路臉色蒼白，死命往前奔跑。

他可以聽見活屍在後面追趕他的聲音，那些東西的速度遠超出他的想像，根本不像是死去的屍體會有的速度。

逃亡的過程中陸路腦海裡一片空白，什麼都沒想，就算已經跑得上氣不接下氣，越來越難呼吸，也沒有打算放棄。

他不想死，不想要成為那些怪物之一！

喜歡看活屍片跟變成活屍，是完全不同的兩回事！

可惜的是，上天並沒有聽見陸路誠心的祈求。

一根突起的樹根絆倒了奔跑中的陸路，在他向前撲倒在地的同時，後方的活屍全都追了過來。

其中一隻速度最快的活屍撲向倒地的陸路，啃咬他毫無防備的後頸。

陸路感覺到自己的皮肉被活屍狠狠咬下來，痛到失去知覺，但他仍沒有放棄。

他掙扎著起身，慌亂中抓起掉落在樹葉裡的尖銳樹枝，貫穿活屍的眼睛。

活屍的左眼插著樹枝，發出「嘎嘎嘎」的聲音後便倒下，與此同時其他活屍也已經追上來，離他不到幾步路的距離。

後頸溼漉漉的觸感，讓陸路知道那個位置的傷口肯定不樂觀。

「媽的，運氣真背。」

他搖搖晃晃地起身，咬緊牙根，用盡全身力氣依靠著樹幹繼續前進。

可是出現在前方的，不是離開的路，而是深不見底的陡斜山坡。

這個瞬間，絕望的心情讓陸路徹底死心，同時也失去了意識。

在那之後陸路的記憶就像是被人用剪刀強行剪斷，一片空白，什麼都想不起來。當他再次清醒過來的時候，人正卡在山坡的巨大岩石上。

他背後的岩石上有著一大灘鮮血，身體與衣服也有血跡殘留，但問題是他的身上卻沒有任何傷口。

不僅如此，就連原本痛到麻痺的後頸位置也感覺不到任何不適。

雖然不知道原因，但他活下來了。

即使陸路認為這完全不合理，甚至產生過懷疑，但是當他走下山回到城市的時候，卻發現一切都還是那麼熟悉。

他拿出手機確認自己並不是在作夢，還點開網路確認目前的時間日期，以及政府提供的最新情報。

在確認的同時，他才發現原來現在距離活屍群爆發那天已經過了整整一週。

「搞什麼？怎麼回……」

正當陸路因為看到手機裡的時間而感到震驚的瞬間，突然有隻活屍從旁邊的轉角處走出來。

陸路立刻閉上嘴巴，停下腳步，但是這個距離根本來不及閃避。

聽見聲響的活屍，慢慢轉過頭來，左眼像變色龍一樣靈活，不停轉動，缺失的右眼只能看見凹陷的眼窩，很顯然是因為強力打擊而損傷。

它行動緩慢地望著陸路，與它對上眼的陸路反射性地僵住身體，就在他打算用最快速度逃跑的時候，奇怪的事情發生了。

活屍毫無反應地看了他一眼之後，就把頭轉回去，步伐蹣跚地繼續往前走。

「……什、什麼？」

陸路不敢置信地看著完全不攻擊他的活屍，當場傻眼。

他確實跟活屍面對面了啊？可是為什麼活屍的反應那麼冷淡，和之前在山區遇見的時候完全不同。

陸路十分混亂，劇烈的頭痛讓他沒辦法再去思考任何事情。

撐著虛弱難受的身體，陸路想盡辦法來到附近的一間便利商店。

便利商店的玻璃窗被完全破壞，店內更是像暴風肆虐過，凌亂不堪，甚至還可以清楚看見幾隻活屍站在裡面，搖搖晃晃地，看起來相當陰森可怕。

由於腦袋還在刺痛，加上他現在的精神狀況還不是很好，陸路在停下來沒幾秒鐘後，就決定走進去裡面。

當他穿梭在那些活屍之間，拿取架上的物品時，活屍全都沒有要攻擊他的意思，就像是無視他的存在一樣。

最終，陸路順利地拿完東西走出便利商店，而這個瞬間他終於反應過來。

「啊……該死的，我好像變成那些傢伙之中的一員了。」

將過去遭遇過的狀況老實告訴布馮的陸路，有些擔心地悄悄觀察他的反應。自從被活屍咬傷後，他也變得不太明白自己現在究竟是什麼。

原本他還心存僥倖，想說會不會是因為產生抗體的關係，所以活屍才會無視他的存在，可是在經歷過第二次咬傷體驗後，他很清楚事情絕對沒有那麼單純。

就算他真的在被咬過後產生抗體，才沒有變異成活屍，也不可能擁有這種不存在於正常觀念範圍內的癒合速度。

而手臂的癒合狀況，也間接證實他那時摔下山坡後，重擊在岩石上所受到的傷，是靠這個自癒能力恢復原樣的。

如果不是因為受傷的關係，他也不會察覺到這件事，畢竟他在那之後都沒有發生什麼危險，更不可能受到如此嚴重的傷。

之前陸路對於自己的變異沒有多大實感，即使他被活屍咬傷後還活得好好的，但因為和過去沒有什麼不同，所以他自然而然地沒有多想。

然而，現在情況不同了，陸路是真的開始有點害怕。

他甩甩頭，努力保持冷靜，在他因為不知所措而沉默的這段時間，聽完他親口坦白事情經過的布馮始終沒有開口。

陸路覺得有點尷尬，摳摳臉頰，苦笑說道：「我知道我說的話有點讓人難以置信，但是是事實。」

連他自己都覺得他所發生過的事情太過虛幻，就算布馮無法理解，或是認為他在說謊，陸路也只能認了。

布馮十分認真地思考，甚至失去了總是掛在嘴邊的笑容。

他抬起頭，瞇成細線的雙眼微微睜開，在昏暗的空間裡散發出冷冰冰的光芒。

看著他的那雙眼睛，陸路覺得毛骨悚然，身體反射性地震了一下，口水像是卡在喉嚨裡，怎麼樣都吞不下去。

可能是他表現得太過明顯，把氣氛搞得越來越尷尬。

「嗯……」布馮意味深長地拉長音，雖然態度有一點點不同，但態度仍舊沒變，甚至很有耐心地詢問：「所以說，你不知道自己現在的身體狀況？」

「呃。」陸路邊冒冷汗邊回答：「對、對啊。我之前都沒有仔細思考這個問題，反正我看起來和過去沒什麼不同，只要我不說，或是沒有被發現的話，根本不可能有人發現我哪裡怪怪的。」

「沒被發現嗎？這個倒是不好說。」布馮忽然重拾笑容，再次把臉貼近。

無路可退的陸路緊張地縮了一下脖子，因為布馮不知道為什麼突然靠過來嗅他，呼吸聲大到讓他心臟撲通狂跳。

「你你你、你在做什麼！」

陸路用手遮住被他嗅聞的位置，抓住布馮的肩膀，將他推遠。

可是布馮的力氣卻比他想得還要大，就算他使出全身的力量，布馮都像個大佛一樣動也不動，反而還笑咪咪地歪頭盯著他看。

身為男人的陸路，感受到屈辱。

「離我遠點！」

「別緊張，我只是確認而已。」

「你、你要確認什麼？為什麼要靠得這麼近！」

「因為氣味。」

「……啊？」

陸路被他的回答嚇了一跳，大腦當機幾秒鐘之後，赫然想起過去布馮也曾說過他身上的味道很好聞。

當記憶回到腦海的瞬間，陸路臉色鐵青，眼神也變得更加警戒。

「你真的是個變態。」

布馮知道陸路在想什麼，無奈地說：「我這是稱讚耶。」

「我們都是男人，你說這種話本來就很奇怪，不是變態的話是什麼？」

「是嗎？我倒是沒有很在意這種小事。」

「就算國外很開放，但我可是相當保守的好嗎！」

陸路鼓起勇氣，大聲反駁。

布馮在聽到陸路的真實想法後，笑著往後退，與他拉開距離。

「知道了，我不會再這樣做。」

「……哼。」陸路眨眨眼，雖然他不喜歡布馮的行為，但還是有點好奇他對自己的想法，於是便放低身段，小心翼翼地問：「所、所以你覺得我很奇怪嗎？」

「嗯，很奇怪。」

布馮開心地坦白說出自己的感想。

陸路感覺到頭頂閃過驚天巨雷，彷彿天塌下來了一樣，低頭將臉埋入雙手掌心，發出未知的哀鳴聲。

「媽的！我的運氣怎麼這麼背啦！」

「陸路，你別這麼沮喪。」

布馮將食指貼在雙唇上，示意陸路安靜點，別發出太大聲音。

陸路抬起頭，意識到自己的行為太過招搖，急急忙忙摀住嘴巴，用力點頭。

就算他真的很沮喪，也不該忘記現在的處境。

他們現在離充滿活屍的河堤不遠，就算之前附近沒有活屍，也不代表絕對安全，而且他也不想把布馮捲入危險。

「抱歉。」陸路主動道歉，「可能是因為有點不安所以……」

「沒關係，我能理解的。」布馮並沒有責怪陸路，反而摸著下巴，歪頭思索，「話說回來，我可以說說自己的觀點嗎？」

「當、當然可以。」

一直都是單獨行動的陸路，向來都是以自己的角度去看待現在發生的事，原本他以為只要這樣就可以，畢竟在這種活屍橫行的末日世界，思考太過複雜的問題根本沒有任何意義。

除想辦法活下去之外的念頭，都沒有任何必要。

陸路的心情水深火熱，然而布馮卻露出沒什麼大不了的態度，開開心心地說：「我覺得陸路你應該是變異了。」

「果然是這樣！」

陸路大嘆一聲，不斷哀嚎。這次他有記得壓低音量。

雖然他自己隱隱約約也有這種感覺，可是心裡仍存有一絲僥倖心態。

這種事情果然得和別人討論才行，只不過他沒想到和他討論的對象竟然會是原本被他列為警戒對象的布馮。

「你先聽我解釋。」布馮看到陸路臉色鐵青的反應後，急急忙忙辯解：「這不是壞事，你仔細想想，會出現活屍的起因也是因為病毒感染對吧？雖然目前各國政府都因為被活屍攻擊而暫時癱瘓，雖然聯合國仍有在向全國發送警告，可是現在光是保護安全區的倖存者就已經竭盡全力，根本沒時間管其他人。」

布馮說得沒錯。

病毒的起因、造成活屍出現的緣由，自爆發以來完全沒有任何線索與說明，所有人知道的只有透過自身經歷而觀察到的情報，以及從活屍電影情節裡掌握的基礎知識而已。

但再怎麼說，現在發生的事都不可能和虛構的電影故事畫上等號，他們現在身處的是「現實」，並非人為杜撰的劇情。

可是像他們這種普通老百姓，怎麼可能幸運地接觸到跟活屍病毒爆發事件相關的人員？發生在他身上的變異情況，只能說是倒楣。

「我們對這個病毒的瞭解太少，如果想知道你為什麼會變成這樣的話，我覺得有必要想辦法去找出原因。」

「呃，你的意思是要我去當吃力不討好的電影主角嗎？」

「電影主角？」布馮雙眼瞇成一條線，滿臉問號，顯然不懂陸路在說什麼。

陸路尷尬地解釋：「欸……這個嘛……其實我很喜歡看活屍類型的電影，所以會發生什麼事，我心裡有數。」

「陸路。」布馮神色複雜地用關切的眼神打量他，「你現在是誤以為自己是電影裡的主角嗎？我不知道你的幻想這麼嚴重……」

「我才沒有！」陸路滿臉通紅，極力否定，「我根本不想當什麼主角好嗎？身體會變成這樣又不是我的錯，我也不想……可是我就是活下來了。」

「活下來不好嗎？」

「一點也不好，倒不如就那樣死掉還比較輕鬆。」

「別說這種話。」布馮笑彎雙眼，伸出手輕拍他的腦袋，「我很慶幸能夠遇見你，如果你死掉的話，我們就不能像現在這樣聊天了。」

「……你真的很奇怪。」

「哈哈！我很常聽到別人這樣說我呢，老實說，我會來到你們國家也是因為我爸爸說我很奇怪，就把我送來這邊。」

「原來是這樣嗎？我還以為你是來旅遊的。」

「也可以算是旅遊。」

「那你還真倒楣。」

「我覺得不錯啊？至少能遇到像陸路你這麼有趣的人。」

「我可是一點也高興不起來……」

「你一開始那麼討厭我，還不想跟我扯上關係，現在卻變得那麼依賴我，這讓我很開心哦？」布馮睜開眼，用那雙如寶石般閃閃發亮的眼珠子注視陸路，「我一直很想跟你成為朋友，但你總是散發出一種生人勿近的氣息。」

「呃，那是因為我的狀況……有點特殊。」

「呵呵，當然，現在我知道你是不想被人發現活屍不會攻擊你的事情，才刻意跟其他人拉開距離。」

布馮的心情十分好，可是不知道為什麼，陸路總覺得他的笑容裡有種危險的氣息，這讓他內心複雜。

他不知道被布馮發現自己的祕密究竟是好還是壞，然而現在他卻別無選擇。與其獨自將祕密埋藏在心中，不如和其他人分享，這種令人安心的感覺讓他的內心壓力舒緩不少，所以即使直覺告訴他布馮很危險，陸路也沒辦法把他推遠。

「陸路。」布馮用那溫柔好聽的聲音，輕喚陸路的名字。

陸路抬起頭看向他，緊抿雙唇，有點不好意思地挪開視線。

「幹、幹嘛？」

「我是認真的，你的身體狀況不太正常，雖然你現在活著，沒有變成活屍，但那種恢復能力……要是被其他人發現的話，很可能會讓你的處境變得危險，所以我認為你有必要去主動了解事情發生的原因。」

「你還真的要我去調查哦……」

「別擔心，我會陪你一起。」布馮笑著將手掌心貼在自己的胸前，信誓旦旦地說：「而且我認為陸路你可以多依賴自己的這種特殊能力，我覺得很酷！」

「你居然覺得酷……哈啊，我原本以為我已經夠奇怪了，沒想到你比我還更怪。」

「我就當你是在稱讚我。」

「你高興就好。」

在聽完布馮的想法，並且把祕密分享給他之後，陸路覺得壓力沒有過去那麼大，心情也變得比較輕鬆。

這個瞬間他才發現，原來自己一直以來都在壓抑內心的不安，如果不是布馮厚著臉皮主動貼過來，還差點被活屍咬傷，恐怕他一輩子都不會意識到。

突然對布馮產生感激之情的陸路，再次抬起頭盯著布馮。

布馮不懂他想做什麼，歪頭對他說：「總之，我們現在重新討論接下來的目標吧。」

「咦？什麼？」

「不是決定好要調查這次的病毒感染？那麼我們就得改變原本的目的地。」

「可是這樣不會很危險嗎？」

「原來你在擔心我啊！真高興。」

「廢話！我好不容易救了差點被活屍咬的你，怎麼可能再讓你做危險的事！」

「雖然我很感謝你為我著想，但我沒事的。」布馮的嘴角露出陰森冰冷的笑容，眼神如刀刃般讓人恐懼，信誓旦旦地給出承諾：「我不會重複同樣的錯誤，所以你不需要擔心我。」

不知道為什麼，布馮這句話確實很有說服力。

如果是別人的話，陸路可能還會有點半信半疑，但是這個人可是那個像變態一樣的布馮，是可以單挑活屍的恐怖男人。

若在有準備的前提下，布馮是絕對不可能讓活屍傷到自己一根手指的，就算再發生河堤邊的情況，他只要再獻出身體保護布馮就好。

「好吧，就照你說的做。」

坦白說，陸路也很想要弄清楚在他身上究竟發生了什麼事。

就像布馮說的，現在的他有能夠自由穿梭於危險區域的優勢，比起忙於保護倖存者、陷入混亂狀況的政府與軍隊，還不如靠他自己去找出線索。

活屍爆發的位置距離他當時住的地方並沒有很遠，如果想要情報的話，就只能親自跑一趟，但這件事政府肯定也知道，那個地方也很有可能已經被軍隊列為重點管制區域，不曉得能不能輕易接近。

看著陸路認真思考的表情，布馮安靜地微笑，狡詐的眼眸微微睜開，瞳孔裡映照出陸路碎碎念的側臉。

他越看越滿意，越來越覺得有趣，尤其是在聽見陸路親口向他坦白這些祕密後，這雙狐狸眼變得再也沒辦法從他身上移開。

原來不是錯覺，他從陸路身上嗅到的「氣味」是真的。

——那是非常淡、很難察覺到的屍體腐臭味道，雖然其他比較敏感的倖存者將這個味道當成陸路的體臭，但他知道那個味道是什麼。

「呵。」

一想到終於弄清楚陸路身上為什麼會有腐臭味的原因，布馮就忍不住想笑。

幸好他的輕笑聲沒有打斷正在思考的陸路，更沒有讓他發現那深藏在他眼眸底下的真正心思。

啊，真是趟不錯的旅行。

布馮真心這樣想，同時也對未來充滿更多的期待。而不知道這個變態男人真正心思的陸路，還陷在自己的思緒之中，完全沒有意識到身旁真正的危險。

／

在這個簡陋的房間裡休息一個晚上後，隔天醒來的陸路覺得自己的思考能力恢復得不少，腦袋變得比過去還要清楚。

可能是因為大量失血過後，身體自然修復過後，血液循環突然變得比較好的關係，但也有可能是因為布馮。

昨夜交換了彼此的想法後，他才發現自己意外地脆弱，明明覺得可以獨自在這個活屍末日生活，結果到頭來，還是因為寂寞與無法說出口的祕密，在心中累積相當大的壓力。

即使知道布馮是個奇怪的人，但他還是對他充滿感謝之情。

「早。」

「……早安。」

起得比他還早的布馮，替陸路準備簡單的早餐。

房間裡雖然沒水沒電，不過有簡易瓦斯爐可以使用，算是不幸中的大幸。能在陰冷的房間裡，用僅存的糧食製作出熱騰騰的食物來吃，已經是相當奢侈的生活。

陸路一邊啃著硬梆梆但暖呼呼的吐司，一邊打哈欠。

「還是很睏嗎？要不我們晚點再出發？」

「不，不用。我睡得很飽，只是習慣性打哈欠而已，別在意。」

「就算你貪心地說想要再多睡半天也可以哦？」

「不可以。」陸路立刻否決這個想法，「昨天因為那些不知道從哪冒出來的傢伙，我們大部分的東西都還放在橋下，沒能即時帶走，所以我們今天必須去找吃的。」

他不怕被活屍攻擊，也不用擔心受重傷、流血過多死亡，最害怕的反而是飢餓。就算他的身體真的因為病毒的關係而產生變異，可是他仍然需要食物跟水才能活下去。

在被布馮點醒後，陸路的思考方向也產生變化。

例如自己究竟是依賴什麼生存，或是還有沒有其他沒發現的特殊能力等，還有就是這個身體對「死亡」的極限究竟到哪——這全都是現在的他想要知道的答案。

不過，他也明白不能過於心急，就算布馮接受了跟怪物沒什麼不同的他，也不代表其他倖存者不會將他視為異類或威脅，與他為敵。

陸路現在覺得自己就像歐洲中世紀的女巫一樣，因為與眾不同而努力地隱藏真面目，安靜地在群體裡生存。

他現在要做的，就是避免引來殺身之禍，而且他也不能把願意信任他的布馮捲入麻煩。

「嗯……你在睡覺的時候我有去附近轉一圈，可能是因為沒有活屍的關係，周圍房子裡面的物資都被拿得一乾二淨，沒有留下什麼東西。」

「我想也是。」陸路將吐司全部嚥下去之後，抓住背包站起來，「我去河堤拿我們留在那裡的東西，你在這裡等我回來。」

「咦？可是……」

布馮沒想到陸路竟然會這樣說，有點慌張。

大概知道他想說什麼的陸路，勾起嘴角輕笑。

「別擔心，我會回來找你的。」

「你的意思是要我相信你，乖乖等你回來？」

「我知道過去我一直想要瞞著你偷偷溜走，但現在不會了。」

「……真的嗎？」

「真的，我沒有說謊，你就相信我一次吧。」

布馮微微睜開眼，眼神銳利，也比之前還要冷漠。

他摸著下巴思考，看得出來他沒辦法完全放心讓陸路單獨行動。

「如果我們之後想要一直一起行動的話，你現在就必須相信我。我的特殊能力可以增加我們存活的機率，可是我不能每次都讓你跟著我。」

布馮也很清楚這點，不過比起由他主動開口提出這個要求，讓陸路自己說出口會更好，因為這樣他就能理解陸路對他有多麼依賴。

他用手掌遮住忍不住想要微笑的雙唇，努力隱藏興奮的心情。

啊啊——應該沒問題了。陸路不會再像之前那樣總是想著要從他身邊逃走，現階段只要確認這點就可以。

對布馮想法渾然不知的陸路，只是單純以為他還在擔心，左思右想後他突然把掛在背包上的青蛙玩偶取下，塞進布馮的手中。

「我很喜歡這個玩偶，所以絕對不會丟下它不管，只要你拿著它，我就會回來找你，這、這樣應該會讓你比較放心吧？」

布馮眨眨眼，因為過度驚訝而瞪大雙眸，他呆呆看著陸路幾秒鐘之後，再也忍不住地大笑出來。

「哈哈哈哈！」

「你、你別笑！不是說好不要發出太大聲音的嗎！」

「我真是服了你。」布馮先是說了一句陸路聽不懂的外語，才用中文再次讚嘆。他雙手捧起青蛙玩偶，貼到臉頰上，笑咪咪地用撒嬌的口吻對陸路說：「我會跟它一起在這裡等你的，所以記得早點回來，別讓我們等太久。」

「呃——」

因為太過在意自己的身體狀況，加上昨天發生的事情讓人措手不及，導致陸路差點忘記布馮有張俊美到讓人窒息的臉，就算這張臉放在那隻有點髒兮兮的青蛙玩偶旁邊，仍散發出刺眼的閃亮光芒。

在活屍橫行的末日世界裡，能笑得這麼帥又迷人的，除布馮之外大概沒有別人。

「我……我出發了。」

陸路很不好意思地摳摳臉頰，急急忙忙出去。

在陸路離開後，布馮的嘴角始終掛著笑容。

他坐在地上輕輕把玩陸路的青蛙玩偶，輕鬆地哼著歌，完全不擔心獨自外出的陸路。只要陸路把他放在心裡，認為他的存在是「有必要」的，那麼就算不留下這種東西也會乖乖回到他身邊。

布馮想著想著，突然臉色驟變，緊緊掐住青蛙的腦袋。

「啊——真想就這樣把它的頭拽下來看看……」

一瞬間，布馮的周圍氣氛變得與平常不同，那是遠比遇見任何人的時候都還要可怕的寒冷氣氛，明明室溫正常，卻讓人無法抑制地害怕顫抖。

昏暗的房間內，火光隨著停頓幾秒就會從布馮喉嚨深處發出的笑聲，緩緩晃動，而這個聲音在直到陸路回來之前，都沒有停止過。

／

獨自離開房間的陸路，輕巧地躍上高他半個身高的河堤。

他站在河堤上俯瞰河岸周圍的情況，以及那座他和布馮待過短短幾分鐘的地方，萬幸的是，東西都還在。

靠近路面這側的水泥牆比較矮，所以他能輕鬆跳上來，可是河岸這側的就必須攀爬鐵梯才能上來，昨天那些倖存者就是靠它才能甩掉這些難纏的活屍。

活屍沒有思考能力，行動模式都只有固定那幾種。

發現活人然後「啊啊啊——」地撲過來，還有嗅到流動的鮮血氣味而開始啃咬已經死亡的屍體。

過去陸路曾因為好奇而蹲在旁邊，近距離觀察這些活屍是怎麼「進食」的，結果他發現活屍根本沒有把撕碎的肉與器官吃下去，只是純粹破壞它，簡單來說就像自動碎肉機那樣。

要讓活屍攻擊，有兩種方式，一是發出聲音，二則是對鮮血的敏銳嗅覺。

剩下來的，就只是破壞目標的行為而已。

另外還有一點，也就是跟電影裡面的設定符合的事實——那就是破壞大腦。

想要殺死活屍就只有將它的大腦毀掉，就算把頭顱砍下來也頂多只能停止活屍的行動，不能殺死活屍。

如果他也被砍下腦袋的話，不知道也會不會跟那些活屍一樣，成為只有頭顱沒有身軀的「怪物」。

陸路一邊思考這個問題，一邊從水泥牆旁的鐵梯爬下去。

河岸的活屍數量並沒有減少，它們有些圍繞在昨天被殺死的倖存者屍體旁邊，有些則是漫無目的地在河岸兩側緩慢移動。

很有趣的是，它們並沒有靠近河水，甚至還會主動避開，這個小發現讓陸路覺得滿有趣的。

陸路十分輕鬆的穿過活屍群，過河後回到橋底下。

這座橋離他爬下來的位置並沒有很遠，距離布馮找到的臨時住處也滿近的，這讓陸路有點意外，他原本還以為得花點時間才能回到這裡。

多虧距離不遠加上出門後就能看到河堤位置，他並沒有花多少時間來回。

在把東西放進背包之後，陸路便回到房間。

「我回來……媽啊！嚇死人了！」

「歡迎回來。」

陸路才剛進門就看到背貼著牆壁，側身站在門口等他的布馮，差點沒被嚇到心臟病發。

他怒氣沖沖地瞪大眼，對布馮投以抱怨的目光。

「你幹嘛站在這裡不動？」

「我在等你回來。」

「站著等腿不痠嗎？」

「不痠，因為我是看到你走回來才站在這裡等你的。」

「……你從哪看的？」

「哈哈哈！」

「布馮！」

「別這麼凶，我是擔心你會迷路，所以在你出門後沒多久偷偷跟在你後面，但是你別擔心，河岸活屍太多，我沒有靠近那裡。」

陸路聽到他說的話之後，十分無奈地搔頭髮嘆氣，「唉！你真的是吼——」

「我不是因為不相信你才跟在後面的，是怕你有危險。」

「我怎麼可能會有什麼危險？活屍又不會攻擊我。」

「那如果不是活屍呢？」

陸路愣了半秒，皺眉問：「什麼意思？」

布馮收起笑容，表情有點不太好看，似乎是在生氣。

「昨天你幾乎都在睡覺所以不知道……那群把我們捲進來的倖存者也在這附近。」

「什麼？」

陸路聽到後十分驚訝，但他感到意外的並不是他們也在附近，而是這群人竟然沒死？他們的行為完全就像是活屍電影裡面的砲灰角色，陸路還以為這些傢伙肯定活不了多久。就算他們能順利逃過河岸邊的活屍群，但遇到下一批活屍肯定不會這麼幸運。

布馮聳肩回答：「我昨天在確認附近的安全時無意間發現的。」

昨天發現那群人的時候，布馮對他們產生殺意，可是因為擔心陸路隨時都有可能會醒來，所以布馮才會決定不管他們。

要是知道陸路好幾個小時後才會醒來，他當下就把那些人全部殺了。

「呃，這還真有點麻煩。」陸路尷尬苦笑，「他們親眼看到我被活屍咬傷，肯定認為我已經變異，要是我平安無事的樣子被他們看到，情況會變得很複雜。」

「是嗎？我倒是認為不用太過擔心，反正依照他們的行為模式，很快就會被活屍咬死。」

「我不想冒風險，就算機率只有百分之零點零一也不行。」

「……好吧，如果你是這樣認為的，那我現在就去殺了他們。」

「不是，你從哪得出的結果？」

「嗯？」布馮無辜地歪頭問：「難道你不是這個意思嗎？」

「當然不是，我怎麼可能因為這樣就去殺人。」陸路扶額嘆氣，「我的意思是要避開那些傢伙，別跟他們有交集就好。」

「你人真好。」

「這不是人好不好的問題，正常來說都會這樣做的吧。」

「『正常』情況嗎……」布馮小聲呢喃，若有所思地慢慢睜開眼，注視陸路。

一個「不正常」的人談論「正常」這兩個字，才叫做不正常。

雖然陸路似乎把他說的話當成玩笑，可是他是真的想要殺掉那些人。

只不過既然這不是陸路想要的結果，那麼他會乖乖忍耐——直到無法自制。

「我知道他們的位置，不想跟那些人碰面的話，我們就避開那邊吧。」

「嗯，麻煩你了。」

「沒事沒事，放心交給我來處理。」

布馮邊回答邊把青蛙玩偶還給他。

陸路將青蛙玩偶重新掛回背包上，看著它，自然而然地露出輕鬆的笑容。

同。

DAY6：進化

自從被布馮知道自己的祕密之後，兩人之間的相處模式與過去相比，稍微變得有點不同。

過去各做各的，從不干涉彼此的他們，開始互相合作。

陸路依舊負責搜索物資的部分，因為他不會被活屍攻擊，所以可以單獨進入活屍密集區域，至於布馮則是待在能夠看到陸路位置的制高點，成為他的雙眼，替他留意周遭的狀況，一有問題便用手機傳訊息通知。

活屍數量較為密集的地區，通常比其他地方更能找到珍貴的物資，畢竟沒有人傻到會願意冒巨大風險進入活屍密集區域，更重要的是，遇見其他倖存者的機率也會降低不少。

陸路沒辦法保證除布馮之外的倖存者在見到他擁有的特殊能力後，會怎麼看待自己，再次被發現的風險太高，而且他也不想讓自己的情況被其他倖存者大肆宣傳出去，所以他決定在弄清楚身體為什麼會變成這樣之前，不再跟其他倖存者團體接觸。

原本他以為帶著布馮踏入活屍密集區域會反而害了他，結果卻發現自己的擔心是多餘的，因為布馮總是能巧妙地躲在活屍找不到的地方，甚至提供輔助。

布馮明明不像他是因為身體產生變異，才能夠安然無恙地跟活屍們混在一起，與他相比，布馮的行為舉止看起來更不像人類。

當然，這種話他不可能當著布馮的面說，可以確定的是，如果不是像之前突然被其他倖存者捲入的話，他們不會再碰見那麼危險的狀況。

這份體悟讓陸路再次認知到一件事，那就是布馮強得不像話。

現在想想，他都能徒手打爆活屍的腦袋了，肯定不是什麼普通人。

陸路第一次對布馮的身分產生好奇，不過他很快就因為其他事情而轉移了注意力。

「嗯？奇怪……」

這天，陸路如往常般進入活屍密集區域尋找物資，但是與預期不同，當他來到這片封鎖區域的時候，並沒有馬上看到活屍，周圍反而相當安靜。

「我應該沒弄錯啊？」

陸路自言自語，摸著下巴思考是不是哪裡出問題。

活屍密集區域大致分成兩種，一種是由政府軍隊確認過，判定為危險區域進而封鎖，另外一種則是人民自發性地撤離，並在周圍做記號來提醒其他倖存者不要靠近。

前者因為有軍隊駐守，還設有大量的拒馬阻擋，所以想要進入裡面幾乎是不可能的。

但後者不同，由於沒有被封鎖，僅僅只有警告標記，進出比較自由。

各國政府光是應付活屍都來不及了，根本抽不出時間封鎖每個區域並派軍隊駐守，於是這些沒有被封鎖的活屍密集區域成為地雷般的存在，僅僅只能依賴人民之間的情報網。

萬幸的是，網路沒有癱瘓，只要能把手機的電量充滿，仍然可以在社群軟體上找到各種情報，當然通訊軟體也有建立倖存者的情報共享群組。

剛開始加入社群的人很多，也有來自各個地方的情報，但隨著時間流逝，群組內的訊息越來越少，已讀的數量也從千位數慢慢降至百位數，甚至十位數。

光是從社群軟體的已讀狀況就可以知道，人們死亡的速度有多麼快。

不過陸路的運氣還不錯，最初加入的情報分享社群裡還有一個人隨時在傳遞情報，就算已讀數量少得可憐，也沒有停止過。

多虧這個匿名者的協助，他才能掌握自己所在地附近的活屍密集區域位置。

「那個匿名者提供的情報從來沒有出過錯誤，難道是後來這裡的活屍都轉移到其他地方去了嗎？還是說是像之前那個倖存者組織一樣，被『抓』走？」

陸路十分困惑，不過他還是持續在附近搜索物資。

他將這個情報透過手機訊息傳給布馮，之後他的注意力便被旁邊的一間雜貨店吸引過去。

在連路燈都沒有點亮的街道邊，雜貨店的招牌斷斷續續地散發出白光，掛著廣告招牌的鐵桿雖然歪斜、彎曲，但是頂端的燈罩沒有受損，甚至還能正常點亮，這個發現讓陸路覺得很新鮮。

——但同時他也察覺到了一絲詭譎的氣氛。

即使是在白天，這個地方仍有種讓人背脊發冷的錯覺。

四周圍都是民宅，沒有什麼比較大的地標或顯眼的建築物，從旁人的角度來看就是條普通不過的巷子，按正常情況來說，如果這裡是活屍密集區域的話，活屍數量應該多到隨處可見才對。

是有人刻意誤導其他倖存者，所以才把這個地方標記成活屍密集區域？

但這裡是群組提供的情報，從事件發生開始到現在為止，從未發生過情報錯誤的狀況，難道說群組的可信度也降低了嗎？

雖然陸路可以想得到無數可能性，但有一點他很確定，那就是他認為創立群組的那個人絕對不會上傳錯誤或未證實的情報。

支撐這個想法的，並不是源自於盲目的信任，而是他這個變異者的直覺。

「該死，還是換個地方吧。這裡感覺讓人毛骨悚然的，真不舒服。」

他們的物資還可以再多撐幾天，所以沒有必要冒風險。

然而就在他準備轉身離開的時候，一個不小心撞到身後的人。

完全沒發現身後有人的陸路嚇得臉色鐵青，迅速往後跳五六步，拉遠距離。

「呃、搞什麼？你怎麼跑過來了！」

「我看你說沒活屍就過來看看。」布馮像是個好奇的孩子，朝周圍張望，「真的有點奇怪，我從樓頂看的時候這附近確實都沒見到活屍的蹤影，我還以為都藏在死角或建築物裡。」

陸路也不是沒想過這兩種可能性，但如果是這樣的話，民宅內的活屍數量也不可能太多。

活屍雖然沒有智力，在不驚動它們的前提下會漫無目的地遊走，就算是站在原地不動，停留時間也不會太長。

它們集中的區域大部分都是有大量屍體或鮮血殘留，所以人死得越多的地方活屍數量就越多，而且不容易分散開來。

「別那麼好奇。」陸路抓住布馮的手臂說道：「我總覺得這個地方很奇怪，正準備要離開，誰知道你居然傻傻跟過來。」

「不用找物資嗎？」

「就說氣氛很奇怪了還找什麼找！走啦！」

陸路氣憤地拉著布馮，這個神經大條的男人到底在想什麼？他們可不是來這種地方觀光的，一旦覺得情況不妙就遠離，是在這個末日社會裡生存下去的不二法則。

布馮對那間雜貨店產生好奇心，比起其他地方，那個方向傳出的血腥味道十分濃烈，但既然陸路不願意，他也只能選擇放棄。

然而，運氣似乎沒有站在他們這邊。

沉重物體拖曳的聲音，從他們面前的轉角位置傳來。

這附近很安靜，所以即使聲音再小也能清楚聽到，而在知道這裡沒有活屍也沒有其他倖存者的兩人很快就警戒地停下腳步。

陸路主動擋在布馮面前，冷汗直冒、臉色鐵青，看起來十分害怕轉角處微微晃動的影子。

影子越來越靠近，也變得更加清楚。

當腐爛的大腳踏到兩人面前的瞬間，陸路二話不說就這樣抓著布馮躲進旁邊的防火巷裡。

他沒辦法控制地顫抖著，汗水浸溼瀏海，雙目顫抖、瞳孔放大，就像是看到令他恐懼的畫面一樣。

布馮沒有感覺到什麼異樣，但如果這種情況只發生在陸路身上的話，就表示剛才從轉角裡走出來的那個「東西」，十之八九是活屍。

他皺緊眉頭，為了穩定陸路的情緒，和他一起蹲下來，並用大衣蓋住他的身體。

這時，他聽見那個沉重的拖曳聲正在往他們躲的方向緩慢接近。

咚、咚。

咚、咚。

從腳步聲可以聽出它的體重不輕，而且強而有力，很顯然和過去遇到的活屍完全不同。

就在布馮也跟著開始緊張起來的時候，巨大的陰影將他們躲藏的防火巷內的光線完全遮蔽，在被黑影覆蓋的同時，布馮抬起頭，驚愕地看著幾乎與路燈相同高度的巨人，以非常緩慢的速度經過。

它的步伐緩慢，手裡拖曳著血淋淋的舊布袋，從破洞伸出許多手臂與腿部，不用想也能知道那裡面裝著的是什麼。

這種壓迫感，即使是布馮也不敢輕舉妄動。

恐怕陸路是因為變異的關係，所以憑藉天生的直覺就意識到了危險，才會突然被恐懼感淹沒。

布馮緊張到只能小心翼翼地嚥口水，視線始終放在這個巨人身上，直到確認它走遠，才總算能夠安心呼吸。

「別擔心，它走了。」

布馮急忙安撫躲在他大衣底下的陸路，臉色蒼白的陸路抬起頭，看起來有點呼吸困難的樣子，大口喘息，短時間沒辦法開口說話。

直到陸路冷靜下來為止，他們只能躲在防火巷裡。

防火巷的寬度雖然只有一個成年男性的肩寬，但只要側身進入的話，以空間上來說還是很有餘裕，幸好巨人並不在意周圍的建築物，他們才能順利躲起來，不被發現。

無論如何，這是他們第一次見到活屍之外的怪物，很難想像剛才那個東西也是活屍——不，或許它是比活屍更加危險的存在。

「……是變異了嗎？」

布馮小聲咕噥。

已經稍微冷靜下來的陸路在聽見布馮的猜測後，難受地苦笑。

「我猜應該是。畢竟連我這種變異體都有了，活屍會二次變異也不奇怪。」

聲音雖然還有點無力，身體甚至微微顫抖，無法控制，但他已經比剛才還要冷靜一點。

他不知道自己發生什麼事，剛才在意識到那個巨人的瞬間，內心一瞬間產生畏懼感，讓他無法控制地陷入恐慌，如果不是布馮的話，他可能會成為那個布袋裡的其中一員。

現在他明白為什麼這裡明明被列為活屍密集區域，卻沒有見到半隻活屍。

很顯然地，這個大型活屍不知道出自什麼原因，正在蒐集活屍，以活屍的能力來說，根本不可能對抗得了那個巨人，因此很容易就會被它抓住。

「二次……變異？」

陸路說的話對身為外國人的布馮來說，有點難理解。

雖然不太明白，但可以確定的是剛才的巨人是連不會被活屍攻擊的陸路都必須避開的危險對象。

「看來我太過自以為是，還以為不會被活屍攻擊就能輕輕鬆鬆地混過去。」

「解釋一下，陸路。你剛才說的那句話是什麼意思？」

「老實說我也不太清楚，不過可以確定那個大個子是活屍，以及它在狩獵其他活屍。不管怎麼說，我們最好避開它，那不是我們能夠應付的怪物。」

「沒想到竟然會有不同類型的活屍……」

「與其說是類型，倒不如說是等級不同。」

「也就是說，活屍會進化？」

「進化……嗯，這麼說還比較容易理解，總之如果從現在開始出現這種特殊活屍的話，我們就得更加小心才行。」

「是啊，那個很不好對付。」

布馮雖然也對巨人充滿好奇，但他不打算拿自己的命去開玩笑。

現在還是必須以陸路的安全為主，看來以後他得留意的重點又增加了一項。

透過陸路對活屍的敏感直覺，確認巨人沒有回頭或在附近徘徊後，兩人便加快速度遠離這個區域，盡可能確保不會再撞見它。

／

陸路的情況在離開後並沒有好轉，雖然剛開始還能夠意識清楚地說話，但之後就突然發高燒，無可奈何之下兩人只能就近找空屋休息。

「抱、抱歉。」

「沒關係，你好好休息。」

看著陸路自責地向他道歉後皺著眉頭入睡，布馮只感到好奇。

原來陸路就算變異，也還是會像個普通人一樣感冒？

不過以他的情況來說，與其說是感冒倒不如像是壓力過大而體溫突然升高的關係，導致發燒。

「……明明死了但還有體溫跟心跳，呵，真的很神奇。」

布馮笑著坐在旁邊，目不轉睛地觀察因發燒而難受的陸路。

雖然這樣很有趣，但是卻有另外一件事情更令布馮在意，那就是陸路之前在傳訊息給他的時候曾提到過的「雜貨店」。

明明那附近都沒有任何燈或光源，唯獨雜貨店的招牌十分顯眼。

布馮忍不住好奇，那裡究竟有什麼東西，或者說有什麼人在。

猶豫並不符合布馮的個性，所以他很快就做出獨自回到那區民宅的決定。

陸路短時間內不會醒來，而現在他們處於活屍密集區域附近，也不可能有其他倖存者接近，因此布馮不是很擔心將陸路一個人留在那裡會不會發生什麼危險。

反正他本來就不打算花太多時間去偵查。

對於以前在工廠時就負責偵查工作的布馮來說，他早已習慣這種情況，剛才的巨人對對陸路的影響很大，就像是自然而然地產生恐懼一樣，但他不同。

坦白說，他確實有點驚訝，因為他沒想過活屍竟然還能夠進化，如果調查那些巨人變異的原因，搞不好就能知道陸路為什麼會變成這樣。

不過這不是他重新回到這裡的最主要目的。

布馮雙手插在口袋，踏著輕鬆的步伐重新回到那間雜貨店門口。

周圍沒有巨人出沒的跡象，也沒有活屍，讓他很輕鬆就能抵達這裡。

雜貨店裡面燈光明亮，加上貨架倒塌、玻璃落地窗幾乎全碎，因此從外面就能輕鬆確認店內的情況。

「唔嗯……真的很奇怪。」

附近除了巨人之外，安靜到讓人毛骨悚然，更重要的是完全沒有其他生物生存，這種情況相當罕見。

就算沒有人，但偶而也會看見野貓野狗，再者也會有麻雀或其他鳥類，可是這裡卻陷入一片死寂，什麼都沒有。

布馮雖然心存疑慮，前進的步伐卻絲毫沒有半點猶豫。

他稍稍彎腰，手撐著門框上方，跨過堆積成小山的水泥塊與建築物殘骸，輕輕鬆鬆地走進去裡面。

雜貨店的面積不大，很多地方都有飛濺與拖曳留下的血跡，很顯然這裡之前發生過屠殺，可是就和外面街道的情況一樣，沒有半具屍體。

踏入店內之後，布馮聞到了屍體腐爛的氣味，雖然味道很淡，但他絕對不會認錯，而氣味傳出的位置，是在通往冷藏櫃的後門。

他循著氣味走過去，輕輕推開門，剛踏進去鞋子就碰觸到堆積在地板上的垃圾，讓他下意識停下腳步。

地面堆疊著許多吃完的泡麵碗，周圍還有許多蒼蠅與蟑螂，衛生程度可以說是糟糕到極點。

垃圾堆積的濃郁氣味並沒有遮掩屍體腐爛的味道，再往裡面走幾步就能看到一個用紙箱堆疊而成的臨時工作桌，以及頭部中彈，背靠著冷藏櫃的屍體。

布馮蹲下來仔細觀察屍體的狀況，透過祂手中握著的槍與子彈射入的位置，以及腹部嚴重的傷勢，大概可以猜出發生了什麼事。

腹部的傷口很顯然不是被刀刃或槍枝所傷，而是撕裂傷。

除腹部之外，這個男人的手臂和腿上也有觸目驚心的撕咬痕跡，那個傷口就跟陸路被活屍咬傷時一模一樣。

看樣子這個男人是被活屍攻擊，垂死之於回到躲藏的地方，開槍自盡。

從傷口鮮血的顏色與屍體腐爛的程度來看，應該是他們來之前兩三天前左右發生的事，由於冰櫃後方溫度較低，加上雜貨店沒有斷電，減緩了屍體腐爛的速度，屍臭味才沒有擴散出去。

在確認完屍體的情況後，布馮將目光轉移到不停閃爍的電腦螢幕上。

筆電的電源沒有被切斷，也沒有設置待機模式，所以畫面仍停留在這個男人死前所操作時的模樣。

這個男人死前正在用通訊軟體和其他人聯絡，最後的訊息停留在「已經不行了」、「撐不下去」、「我想回去」這些悲觀的句子上。

不過通訊的對象完全沒有回應，反而像是這個男人精神陷入混亂，一個人自言自語。

讓布馮在意的並不是這個男人微妙的精神狀態，而是那幾個像是研究報告一樣的文件檔案。

裡面除了研究資料之外，還有很多活屍的照片。

研究資料是用英文撰寫，布馮能夠很輕鬆閱讀，但是當他看見那些特殊名詞以及不斷提到「實驗體」、「觀察」等單字後，恍然大悟。

——看來這個男人不是普通人。

資料中多次提到一個被稱為CS病毒的研究報告，包括人體在受到CS病毒感染後產生的各種變異階段。

直覺告訴布馮，這裡面肯定有能夠解釋陸路為什麼會產生變異的線索，於是他當下決定要把這臺筆電帶回去。

噠。

噠噠噠。

安靜的雜貨店內，傳來踩踏水泥塊的聲音。

布馮睜開眼，閃亮的眼瞳透過冰櫃的玻璃，看見店裡面有幾個人影在晃動。

影子晃動的方式不像是活屍，而且很明顯這些人手裡拿著大型槍枝，像是在找尋什麼東西一樣不斷在店內搜索。

布馮立刻就意識到他們的目標是這個自殺的男人，從筆電裡的重要資料來看，有很高的機率是來回收屍體與筆電的。

雖然看不清楚那些人的模樣，但布馮知道這些人不好對付，這些人舉槍前進的方式明顯受過軍隊訓練。

布馮知道自己無路可退，唯一的方法就是直接闖出去。

他安靜地撿起男人用來自盡的手槍，確認子彈數量後，拿起筆電。

「這裡沒有。」

「好，兩個人跟我去裡面搜索，其他人原地待命。」

布馮慢慢後退，將身體隱藏在陰影之中，只露出一雙眼睛看著那些全副武裝的軍人走進來。

他們並沒有發現布馮，注意力全部集中在靠在冰櫃上的男人。

趁他們轉身蹲下的瞬間，布馮背對他們衝出去，速度快到令在外面駐守的軍人措手不及。

「什——」

最先看到布馮的軍人十分驚訝，但還來不及看清楚那張臉，布馮便已經朝他舉槍，毫不猶豫地扣下扳機。

碰！

子彈貫穿這名軍人的頸部，隨著大量鮮血噴出，人也倒地不起。

剩下的軍人看到同伴被槍殺，反應迅速地舉槍對準布馮，連續射擊。

布馮靈敏地躲在鐵製貨櫃架以及物品後面，讓這些東西替他阻擋子彈，與此同時，在冷藏櫃確認屍體的另外兩名軍人聽見聲音後，也迅速衝出來。

「怎麼回事！」

「隊長，有人！」

布馮知道自己只有單手很難對付這群訓練有素的軍人，於是他小心翼翼將筆電藏在旁邊的細縫裡，開始思考要怎麼闖出去。

身體在稍稍往後挪動的時候，後腳跟碰觸到沉重的物體，吸引布馮的注意力。

當他發現那些散落在地，裝滿白色粉末的塑膠瓶之後，勾起嘴角。

他將這些瓶子撿起來，用力往天花板的方向扔過去，情緒緊繃的軍人們眼角餘光看到有物體飛出，誤以為是危險物品，下意識朝塑膠瓶開槍。

塑膠瓶被衝鋒槍連續射擊後，在所有人的頭頂上炸開。

「嗚啊！」

「搞什麼鬼！」

一大片的白色粉末瞬間遮掩所有人的視線，但軍人們並沒有將槍放下，而是警戒地左右張望，確認身邊的情況。

直到其中一名軍人看見從白色粉末中衝出來，眼眸閃爍金光的人影。

布馮睜大雙眸，抓住這些軍人視力不佳、不敢隨便開槍的時機，主動攻擊。

他的第一個目標是距離自己最近，在這之中最為慌張的軍人。當他衝到對方面前的時候，這名軍人完全反應不過來，還沒回過神就已經被布馮的手掌遮住臉，用力往後推撞到牆壁上去。

伴隨一聲巨響，頭部被攻擊的軍人因重力與強烈撞擊而昏厥，癱軟倒地，接著布馮將目標轉移到旁邊的軍人身上，從背後接近，並從對方繫在大腿上的刀套裡拔出軍刀，往他的後頸切過去。

「呃！」

「喝啊！」

因為粉末而無法看清楚周圍情況的前提下，只能聽見軍人們一個個發出痛苦的聲音，迅速倒地。

當遮掩視線的粉末全部落在地上後，率領這些軍人的隊長震驚不已地看著眼前的畫面，說不出話來。

滿是鮮血的布馮，低垂著頭，手中握著沾滿他隊員鮮血的軍刀，靜悄悄地側身站在他的眼前。

隊長嚇一大跳，他不敢相信眼前所看到的畫面。

他們可是訓練有素的軍人，怎麼可能因為視線不佳就被這樣一個莫名其妙的陌生男人殺光？

就算是因為粉塵的關係而暫時沒辦法開槍，也不可能像是毫無反擊能力的普通人，任由對方宰割。

有點反應不過來的隊長，看到布馮轉身朝對自己舉槍，二話不說扣下扳機。

子彈並沒有擊中布馮，而是從他的臉頰擦過去。

並不是隊長開槍失誤或是射偏，而是布馮早就料到他會開槍，預先把身體稍微往旁邊挪動幾公分，因此子彈才沒有命中。

一見到自己沒能殺死布馮，隊長便知道自己死定了。

「媽的，你這混帳——」

話還沒說完，布馮便將手中的軍刀用力朝他扔過去，直接插進隊長的左眼。

隨著隊長的沉重身軀倒地，從頭部滲出大量鮮血的那個瞬間，隊伍宣告全滅。

「……比想像中輕鬆？」

布馮走向還躺在地上抽搐的隊長，蹲下身，就這樣看著他的瞳孔失去生氣。

欣賞著生命在自己面前流逝的感覺，令布馮開心到忍不住發出呵呵笑聲，甚至還用手指輕輕勾開被刀刃刺破眼珠的傷口位置。

「呵呵呵……好久沒享受到這種感覺了，果然現在這個世界很適合我。」

布馮愉快地盯著隊長的屍體，直到身體的抽搐完全停下來為止。

久違殺人讓他心情愉悅到極點，不過他也沒忘記自己的目的。

他將這些軍人身上攜帶的東西全部搜刮一遍，拿到許多不錯的武器。

除槍械、手榴彈之外，還有十分重要且珍貴的無線電。

布馮盯著這些稀有裝備，並沒有選擇把它們全部帶走，畢竟帶著這些武器風險太高，搞不好還會引來不必要的麻煩。

所以最後布馮只有帶著手槍子彈與最初拿到的那把手槍，還有裝滿情報資料的筆記型電腦帶走。

當他走出雜貨店的時候，可以聽見熟悉的沉重腳步聲正在往這裡靠近，看樣子應該是被開槍聲音吸引過來的。

幸好巨人離這裡有段距離，他還有時間逃走，要不然情況恐怕會變得比現在更加險峻。

在布馮離開雜貨店後，被他留在裡面的無線電傳出雜訊聲。

接著裡面斷斷續續傳來男人說話的聲音。

『蛇鷹小隊，聽到請回答。』

『請回報你們現在的狀況。』

在幾次主動提問都沒得到回應後，無線電另一端的男人似乎明白了什麼。

最終，他用沉重又絕望的口氣問道：『……有人在嗎？』

「碰」地一聲，無線電被從店外砸過來的貨車壓爛，連同整間便利店都被強烈的撞擊而破壞。

原本還斷斷續續閃爍的招牌與店內燈光，徹底熄滅。

扔擲貨車毀掉雜貨店的，是不久前曾出現在布馮與陸路面前的巨人。

確認過裡面再也沒有傳出任何聲音後，它才垂下雙臂，轉身離開。

／

當陸路從房間裡醒過來的時候，布馮正靠牆坐在地上睡覺。

看見身邊有人的陸路，莫名產生一種強烈的安心感，不知道為什麼，只要有布馮在，他就覺得自己是安全的，同時也證實他們剛才所見到的巨人不是錯覺。

二次變異。

這個詞對陸路來說並不算陌生，因為在他看過的活屍電影裡確實有過這種設定，而這個發現對他們來說絕對不是什麼好事。

他所知道的情報只有「活屍是透過病毒感染」，自從感染擴散、活屍爆發以來的幾個月時間裡，從來就沒有見過其他型態的活屍，所以他還天真地以為現實生活中不會發生那麼誇張的情況。

不過回頭想想，發生在他身上的事情就已經無法用常理解釋，所以就算出現那種可怕的變異怪物也不奇怪。

倒不如說他們之前只是因為幸運才沒有遇上它。

「……哈啊，感覺情況好像變得越來越複雜了。」

對這種情況再熟悉不過的陸路，直覺認為自己正在跟麻煩的事情扯上關係。

「呵，你的直覺沒錯。」

突然而來的搭話，差點把陸路嚇得從床上彈起來。

他眨眨眼，轉頭看向不知道什麼時候醒過來的布馮，面有難色。

「這是什麼意思？」

「就是字面上的意思。」

布馮拍拍屁股的灰塵，走到背包旁邊，從裡面拿出礦泉水和餅乾後，來到陸路面前。

從他手裡接過水和食物的陸路，一看到餅乾肚子就開始咕嚕叫。

二話不說將布馮拿過來的東西吃光後，陸路這才心滿意足地打了個嗝。

「看來你已經沒事了。」

「嗯，體溫正常。」陸路摸著自己的額頭，朝布馮豎起拇指，「真的很抱歉，我沒想到自己會突然生病。」

「你會發燒不是因為身體不舒服，而是剛才看到的那個巨人活屍吧？」

「我也不知道，但也不是沒有可能。」一想起巨人，陸路彷彿還能感受到它帶來的強烈壓迫感，讓他下意識地臉色鐵青，不願回憶。

「看來你自己也有發現。」

「怎麼可能沒注意到。」陸路無奈嘆氣，「光是看到它出現，我的身體就沒辦法克制地顫抖，就像是自然而然對它產生恐懼感一樣……彷彿我的身體不像是自己的，無法控制。」

「因為你也經歷過變異，所以會下意識對於比自己強的活屍產生畏懼？」

「我是這樣想的。」

「嗯……」布馮摸著下巴思考一會之後，轉身走到桌子邊，將不久前拿到的筆記型電腦交到陸路手上。

陸路一臉茫然地看著筆記型電腦，皺眉問：「這是從哪拿來的？」

他跟布馮所攜帶的物資裡面，根本沒有這種東西。

筆記型電腦既麻煩又占位置，實用性也沒有手機高，對倖存者來說絕對不會是想要主動去取得的重要物資，布馮不可能不知道這點，但還是把它帶回來。

「你因為高燒而睡覺的那段時間，我去遇見巨人的那個地區搜索了一下。」

「你、你什麼？」陸路驚訝地張大嘴巴，「瘋了嗎你！明知道那個巨人有多麼可怕，為什麼還要冒這麼大的風險？」

「因為我很好奇那裡為什麼會出現其他地方都沒見過的變異活屍，還有你之前提到的雜貨店也很難不讓人在意。」

「就算是這樣，你也不應該一個人過去，至少也要等我……」

「要是我晚一點到的話，恐怕就拿不到那麼有趣的東西了。」

布馮笑著用食指輕輕敲打陸路手中的筆記型電腦，打斷他的話，繼續說道：「你不用擔心，我不是那種沒有判斷能力的笨蛋，如果我覺得自己應付不過來的話，就不會冒這個風險。」

陸路垂眸反問：「所以你是有十足的把握，才一個人跑回去的？」

「當然。」

完全沒有思考，直接爽快回答的態度，讓陸路無言以對。

他雖然知道布馮很厲害，也很聰明，但那畢竟是初次遇見的變異活屍，在還沒有搞懂它的底細之前，實在不該鋌而走險。

「我不是沒事嗎？別擔心了。」

「擔心？我才沒有……」

「既然你會擔心我，就表示你現在真的接受我了對吧？」

陸路頭痛地扶額，布馮根本沒打算聽他說話，厚臉皮的態度和過去一樣，完全沒有任何改變，但他也沒辦法否認，自己確實已經對布馮敞開心房，要不然他也不會在意布馮會不會遇到危險。

「不要想太多，我自有分寸。」布馮像對待孩子一樣摸陸路的頭，「總之現在重點不是這個，你先看看電腦裡的資料。」

陸路不知道布馮在賣什麼關子，但他不討厭這樣被摸頭。

可能是因為燒剛退，腦袋還有點渾沌吧，他對布馮的接受度意外的比平常高。

他按照布馮說的打開電腦，很快就明白為什麼布馮會那麼期待，因為這裡面一堆用英文字母寫成的研究資料，密密麻麻到讓他頭暈目眩的程度。

光是連檔案名稱的英文都看不太懂了，他怎麼可能看懂資料上的內容？

「你……」

陸路冷汗直冒，原本想要老實跟布馮說自己看不懂，結果一抬起頭就看到布馮笑彎雙眼，超級開心地湊到他面前來。

原來如此，他明白了。

布馮早就知道他看不懂，才一直強硬地堅持要他打開電腦。

「可不可以不要玩我？我剛退燒沒多久，你又想害我發燒？」

「哈哈！真有趣。」

陸路一邊聽著布馮調侃自己，一邊把資料往下滑，視線很快就被後面幾頁的照片與看起來像是實驗報告的表格吸引住。

注意到陸路臉色變化的布馮，慢慢睜開眼睛，對他表現出的反應十分滿意。

「看來你終於注意到重點了。」

「……嗯。」陸路垂眸，陷入沉默。

那一張張噁心的人體、感染、細菌培養與階段變化的紀錄，讓陸路明白了布馮帶回來的這臺筆記型電腦有多麼重要。

即使看不懂那些專有名詞，但這些紀錄上的內容，他還是能夠猜出一二。

這些資料是和活屍病毒有關的研究報告，裡面甚至有仔細記錄病毒感染人體後變成活屍的速度、狀況以及型態。

陸路嚴肅地質問布馮：「你是從那間雜貨店找到這臺筆電的？」

「嗯。」布馮笑著點頭。

他沒有想過要把在那裡遇到軍人的事情告訴陸路，畢竟沒有必要。

陸路不需要知道那種事，而且他也不會讓那些人有接近他們的機會。

「雖然我很不想這樣想，但這怎麼看都像是觀察活屍的研究紀錄。」

「這臺筆旁邊有個死掉的男人，應該就是寫這些紀錄的觀察人員。」

「死了嗎？」

「他被活屍咬到，傷勢很嚴重，為了不變成那些怪物所以選擇自殺。」

「唉……這樣的話就沒辦法找人問清楚。不過，就算他還活著，應該也不可能那麼輕易地解釋給我們聽。」

「你覺得這件事會不會跟政府有關？」

「政府嗎？」

陸路皺眉思考，不得不承認，他確實也有那麼一點懷疑，畢竟電影都那樣演。

在經歷過這麼多事情，以及自己身體上的變化後，陸路反而覺得自己曾看過的那些活屍電影不僅僅只是故事，反倒有點像預言。

即使如此，他也不認為自己會是那些故事當中的主角。

只不過是路人甲甚至是砲灰的他，根本沒有足以查證事實的手段，如果他真的想要弄清楚的話，只能主動去接近、尋求答案。

「嗯……如果跟政府有關的話，那我這樣不是很不秒？」

「確實很不妙。」

布馮在一旁說風涼話，笑得特別開心。

陸路不想理他，繼續把剩下有附照片的資料看完。

果然在最後幾頁的部分，他看到了關於那個巨人的照片與紀錄。

「欸，你過來幫我翻譯一下。」

陸路知道布馮絕對看得懂這上面在寫什麼，於是便把人叫到身旁。

布馮乖巧地坐在床邊，從陸路手中接過筆電，將資料唸出來。

「實驗體 FU00183，感染後約四十三天病毒進化，體型增高、肌肉力量強大，對其他活屍具有攻擊性。」

「怪不得那裡一隻活屍也沒有。」

「從資料上來看，那個巨人攻擊其他活屍似乎是想要清除威脅，就像野生動物一樣具有地盤意識。」

「看來是怕其他活屍體內的病毒也跟著進化，這樣就會對它產生威脅。」

「不得不說，這個人做的觀察紀錄還滿仔細的。」布馮邊看邊吹口哨，對那名開槍自殺的男人充滿敬意。

這種程度的觀察不但需要花費長時間，本身如果沒有一點實力的話，根本不可能寫出這麼詳細的報告書。

怪不得那些軍人會冒巨大風險去雜貨店找人，這臺筆記型電腦裡的資料確實很珍貴。

「從這份資料上來看，感覺其他活屍好像都存在病毒進化的可能性，以後我們要小心點。」布馮從口袋裡拿出隨身碟，將筆記型電腦裡的資料複製到裡面去。

陸路很驚訝地看著布馮順手拿出的東西，一臉疑惑。

「你從哪裡拿到隨身碟的？我可不記得我們有這種東西。」

「回來的路上剛好看到有間文具店，我就去裡面找了一下。不會有倖存者想要拿走這種東西，所以很好找。」

「確實啦。」

「反正裡面大部分都是研究報告，我們也看不太懂，乾脆就把它保留下來，以後有機會再慢慢看。」

資料複製完畢後，布馮便將裝著重要研究情報的隨身碟遞給陸路。

陸路愣了下，感激不盡地接到手中。

它盯著躺在手掌心上的隨身碟，心情十分複雜。

有人在紀錄甚至觀察活屍的變化，就表示這起活屍病毒爆發的事件，很有可能是人為，而且背後牽扯到的危機恐怕是他們兩個人無法應付得來的。

但結果已經造成，現在的他必須比之前更加小心，絕對不能被其他人發現他所擁有的特殊能力。

幸好他不是一個人承受這一切，至少還有布馮能夠幫助他。

不知道是不是因為這樣，他感受到的壓力沒有想像中大。

「布馮，我決定了。」

「嗯？」

雙眼瞇成一條線的布馮，乖巧地等待他開口。

陸路在將隨身碟放進隨身背包裡之後，做出決定。

「我要離這些鳥事越遠越好。」

「啊哈——」出乎意料之外的回答讓布馮忍不住噴笑出來。

這個決定真的很有陸路的風格，他果然沒有看走眼。

「那就繼續像之前那樣旅行吧，我會陪著你的。」

「嗯。」陸路點點頭，很不好意思地說：「抱歉，把你捲進來。」

「有什麼好道歉的，我覺得比以前窩在那間工廠裡有趣多了。」

沒錯，事情的走向真的越來越好玩。

無論是這場病毒爆發的真正原因，又或者這件事是不是真的與政府或其他更棘手的對象有關，他都絕對不會錯過。

但如果有人想要覬覦他的東西，他們的下場就會像那些沒用的軍人一樣。

——死。

DAY7．．泳池

放棄調查自己的事情，打算就這樣跟布馮待在一起，像過去那樣隨心所欲過日子的陸路，度過了一段平靜生活。

雖然兩人曾想過會不會再碰見其他二次變異的活屍，但除巨人之外，他們沒有遇到其他特殊活屍，其他活屍密集地區也沒有發生與雜貨店那時同樣的事。

在那個地方發生的事，彷彿幻覺，令人感覺不到真實性，可是他們在那裡取得的研究資料卻是貨真價實的，因此陸路和布馮並沒有放下戒心。

沒有遇到不代表就不存在，隱藏的危機並不會因為這樣而減少。

這段期間，活屍病毒表現得比以前更加活躍，更多地區淪陷，甚至幾個曾被列為安全區的倖存者聚集處也被活屍入侵。

如今安全區的數量變得越來越少，可是政府所發布的官方廣播仍然只會呼籲大家盡量不要外出，待在家中或盡速抵達附近的安全區域接受保護。

這種話現在聽起來完全就像是風涼話，但人們已經沒有餘力去憎恨沒有任何作為的國家政府。

比起抱怨，還不如想辦法多活一天。

「我們還是得找機會看資料。」

「嗯？」

走在前面的布馮突然聽見陸路開口說這句話，停下腳步，回頭望著抓緊背包，面色凝重的陸路。

自從拿到那份紀錄活屍二次變異、病毒進化過程的資料後，陸路的態度就變得與過去有點不一樣，他的小小改變，全看在布馮的眼裡，所以他知道陸路為什麼會如此不安。

就算他真的想要像過去那樣，什麼都不知道，傻乎乎地在這個活屍世界中生存，也不可能完全做到不在乎。

如果這是跟他本身無關的事，或許陸路還能以平常心面對，但問題是，發生在他身上的事情和那隻巨人可能有關連性，一旦知曉，怎麼可能還能冷靜看待？

布馮知道陸路這幾天都在猶豫，畢竟他的心思真的簡單又好預測，只要稍微觀察一下就能看出他的腦袋裡在想什麼。

這點令布馮不快。

他睜開眼走向陸路，站在他的面前，歪頭問：「這就是你想了幾天後的結論？」

陸路自知理虧，尷尬地狂冒冷汗。

「……抱歉，我考慮的確實有點久。」

「你想再一次仔細看資料的理由，是想要確認裡面有沒有跟你有關的情報？」

「嗯。」陸路難受地回答：「不管怎麼想，我這個樣子根本就是個例外，就算我試圖不去在意，但萬一……我如果真的不正常怎麼辦？」

聽見他的疑慮，布馮瞇起了眼。

「不正常是什麼意思？」

「萬一我還會變異怎麼辦？誰也不知道我哪天會不會變得跟那些活屍一樣，失去自我。」

「如果你變成那樣的話，我可以負起責任，把你當成寵物飼養。」

「事情才沒那麼簡單好嗎？要是我有攻擊性怎麼辦。」

「陸路，你知道自己現在說的話不過是沒有根據的猜測吧？」

「呃，是沒錯啦，但是……」

「如果你真的在意，我們可以去找個有電腦的地方，讓你仔細把資料看完。」

「真的抱歉。」

「別在意，畢竟這是跟你自己有關的事，我可以理解你為什麼會這麼猶豫不決，但如果你真的對我感到抱歉的話，那麼就當作你欠我一次。」

陸路對這突如其來的交換條件，有些錯愕。

他並不是說不相信布馮，只不過當他聽見布馮提出這個條件的時候，內心突然有種被擺了一道的錯覺。

雖說布馮確實是個神祕兮兮，讓人搞不清楚想法的危險人物，但應該不至於會對他產生危害。以這個想法作為基礎，陸路點頭同意了他的話。

「交易成立。」布馮走到他身邊，像個朋友般將手臂搭在陸路的肩膀上，笑盈盈地說：「那麼我們現在就出發去找電腦吧。」

要找電腦並不是什麼難事，畢竟只要到市區，或多或少就能找到，只不過有些建築物被破壞嚴重，根本無法進入；有些則是有漏電的情況，太過危險，而機率較高的商業大樓則是有許多活屍徘徊。

由於兩人都不放心彼此在落單的情況下會發生什麼緊急狀況，他們只能選擇兩個人都能進入的建築物，最終在一番篩選下，終於找到最適合的目標。

室內游泳池。

長方形的水泥建築占地很廣，裡面有泳池與三溫暖等設備，甚至還有娛樂中心與餐廳，活屍病毒爆發的那段時間正好在短期整修，所以裡面出現活屍的機率比其他地方來得小。

即使有，數量也是在他們能夠應付的範圍之中。

如此盤算的兩人，站在室內游泳池的入口處，抬起頭仰望這棟建築物位於二、三樓的玻璃窗戶，沒有看到人影晃動，裡面也很安靜，感覺應該是安全的。

「我們進去吧。」

「嗯。」

帶頭的陸路走進去，點頭附和他的布馮則是跟在身後大約兩步路的距離，直接走進游泳池館內。

正如他們所預期的，大廳沒有見到屍體與血跡，雖然空氣有點悶，還夾雜著濃郁的消毒水氣味，但沒有到無法接受的地步。

在走進來之前，布馮的態度還很泰然自若，可是不知道為什麼後來表情變得有點嚴肅，整個人像刺蝟般散發出警戒的氣息。

「我去員工室看看電腦能不能用。」陸路尷尬地打破沉默，指著室內地圖說。

布馮轉過頭來，笑著回答：「好，你去吧。我去其他地方逛逛，確認一下安全。」

「呃，好……」

雖然陸路原本是想要吐槽他，但後來想想還是作罷。

確認安全的意思就是要去看看有沒有活屍吧？明明他才是那個完全不用擔心被活屍攻擊的人，聽到布馮說這樣的話真的有種強烈的違和感。

看著布馮踏著輕快的步伐，頭也不回地走向右側走廊，陸路也只能半信半疑地目送他走遠，接著才轉向爬上左側的樓梯。

室內游泳池的構造很簡單，一樓是泳池與餐廳，二樓則是娛樂中心和三溫暖，而員工辦公室則是在三樓。

二樓的設備在建築物的左右兩側，中間有條走廊相連，走廊旁的落地窗能夠看得見位於一樓的泳池，靠近落地窗的走廊地板還設置為透明地板，甚至被當成游泳池的特殊景點而標註在地圖上。

各層樓的逃生出口的警示燈都亮著，天花板的日光燈雖然看起來有些昏暗，但還是有盡力維持它的亮度，這讓陸路鬆口氣。

至少可以放心，這裡確實沒有被斷電。

三樓員工辦公室的門是被打開的狀態，裡面雖然沒有人，但電腦有被使用過的痕跡，也許是之前有倖存者來過。

不過這並不奇怪，這個地方很適合倖存者暫居，不但沒看到其他活屍的蹤影，也沒有被斷水斷電，至少生活上不會受到太大影響，奇怪的是，沒有人打算長期留在這裡。

陸路嗅了一下空氣，難受地皺眉。

大概是潮溼氣味和消毒水的關係，封閉又長期沒有更換泳池水，導致室內的溼氣非常重，在這個地方待久的話，肯定會不舒服。

不再去想那些瑣碎小事的陸路，隨便選了一臺電腦坐下，將存入資料的隨身碟插入主機裡。

在活屍病毒爆發後，有部分基地臺失火受損，導致訊號斷斷續續，很多人一開始的時候沒辦法取得情報就是因為網路與電信不穩的關係，導致無法在第一時間得知狀況。

後來各國政府開放衛星網路，提供給一般人民使用，這才讓訊息無法傳遞的問題解決，所以只要設備沒有毀損的話，任何人都可以透過衛星網路訊號上網。

他現在所使用的電腦也是如此。

陸路利用網路翻譯資料上的內容，至少這樣他可以不用忙著用自己的大腦翻譯，以他彆腳的外語能力，肯定沒辦法翻出正確的句子。

原本陸路也是有考慮過要不要請布馮幫他翻譯算了，可是不知道為什麼，他沒辦法完全放心，就像是心底僅存的那點疑心，在潛意識裡不斷提醒他要多留意布馮，絕對不可以百分之百信任他說的話。

雖然在經歷過這麼多事情後，還這樣想，讓陸路對布馮產生歉意，但他也無法否認自己心中那誠實的聲音，是他真實想法的一部分。

他總覺得布馮回去那間雜貨店的時候，發生過什麼事，而且對方還不知道出自於什麼理由，刻意對他隱瞞真正的事情經過。

再次點開檔案的陸路，藉由網路翻譯，慢慢地閱讀資料內容。

「新發現的病毒……侵蝕生物細胞……治療症狀……」

就算翻譯成他可以看得懂的文字，陸路還是覺得內容啃起來很艱深，害他看得頭暈目眩，如果不是為了能夠找出一點關於病毒的情報，他也不會咬牙努力看完。

十分鐘過後，陸路已經呈現放棄狀態，整個人軟趴趴地躺在電腦桌上，完全不想動。

「媽的，我果然看不了這種東西，搞得跟論文一樣，就不能寫得更簡單易懂嗎？我真的要吐……」

虧他還信誓旦旦地跟布馮說想要讀資料，這下可好，要是被布馮知道他放棄速度這麼快，肯定會把這件事情當成笑話，一輩子掛在嘴邊嘲笑他。

不過這短短幾分鐘的時間裡，他還是多少有從資料裡面知道一些重點。

撇除那些觀察活屍與病毒活動、進化狀況的紀錄資料不談，關於病毒的起源和負責研究它的機構，倒是讓他留下不小的印象。

研究機構是附屬於他從沒聽說過的公司企業旗下，研發原因則是為了治療那些無藥可醫的罕見疾病，透過人工研發出來的新型態病毒。

不是原本就存在的，而是人類自己創造出來的，結果現在全世界的人類都為了這個該死的人造病毒陷入水深火熱之中。

至於他所看到的那些專有名詞，上網根本就查不到關鍵字，就連研究機構的名稱查出來也是什麼自然永續的森林保護區網站。

看到這種情況，說這背後沒有重大祕密或陰謀論，他絕對不會信。

「也就是說，如果我想知道自己到底為什麼會變成這樣的話，就得去查這些跟幽靈沒什麼兩樣的東西嗎？」

開什麼玩笑，他怎麼可能查得出來！

他不過就是個普通上班族，既沒有駭客技術，也沒有實戰技巧，想都不用想他如果真的跟這些危險的傢伙硬碰硬的話，會死得有多慘。

看來只能放棄了。

反正這幾個月以來他都沒有出現什麼奇怪的症狀，應該不用擔心吧？

陸路知道這種想法不過是自我安慰，但他如果不這樣做的話，肯定會瘋掉。

「結果這些資料有看等於沒看。」陸路大口嘆氣，頭痛萬分地用力將頭髮搔亂，「啊啊啊啊！氣死我了！」

碰！

心情煩躁而下意識怒吼後一秒，安靜的樓層裡突然傳出物體撞擊的聲響。

陸路立刻停止不動，愣在位子上，來回張望。

就在他以為自己產生錯覺的時候，聲音再次傳出來。

這次是非常急促的連續拍打聲，就像是有人正在用拳頭敲打物體。

碰碰碰碰！

碰碰碰碰碰！

聲音越來越快速，撞擊間隔也越來越短，可以讓人感受到對方有多麼急切。

陸路小心翼翼地拔出隨身碟塞進口袋，拿起放在地上的背包，小心翼翼地走出員工辦公室，來回張望空蕩蕩的走廊。

碰碰碰！

「這聲音聽起來真不妙。」

陸路一邊喃喃自語，一邊接近聲音來源。

換作是其他倖存者，肯定早就逃之夭夭，但他不同，畢竟活屍不是他的天敵，就算撞擊聲是活屍弄出來的他也還是能夠應付。

重要的是，萬一真的是活屍的話，他就必須趕快回去找布馮。

撞擊聲來自於緊閉的逃生門，這扇門不知道為什麼被人用沉重的櫃子擋住，還在門把上綁繩子，故意不讓人轉動門把。

碰碰聲連續撞擊，門縫被人從外面用力撞開，這個人力道很大，連櫃子都能被他撞到傾斜，但它仍屹立不搖待在原處，所以即使能夠撞出個小隙縫，也不足以讓一隻手掌通過。

門的另外一側，可以聽處聽見有人慌張、恐懼的說話聲，以及絕望的求救。

「該死！這扇門也被擋住！」

「用力撞開啊！」

「閉嘴啦！沒看到我已經在撞了嗎！」

「嗚啊啊啊！它、它們要過來了！」

陸路看著那扇門被這些倖存者用力頂撞，卻紋風不動的模樣，歪頭思考。

他要去幫忙嗎？

這些倖存者並沒有發現他，所以他完全可以考慮要不要出手。

老實說他雖然不是什麼善良的好人，但也不至於到見死不救的地步，要是他不打開那扇門的話，晚上搞不好會因為反悔而失眠。

「這種情況還真像是活屍電影裡面上演的逃跑情節。」

陸路一邊喃喃自語，一邊走過去，把捆住門把的繩子用刀子割斷後，用吃奶的力氣將櫃子推倒，還因為用力過猛，整個人連同櫃子一起撲倒在地。

櫃子倒下的瞬間，門被用力撞開，一群倖存者眼看門終於打開，爭先恐後地衝進來，接著用力把門關上反鎖。

門還沒來得及關好，追在後方的活屍全部用力衝向門，「啊啊啊」地亂叫，力氣十分大的它們就這樣直接和頂住門的倖存者展開推拉。

「它們追上來了！」

「不想死就快來幫忙！」

倖存者的人數比預期還多，而且他們似乎都沒有發現撲倒在地的陸路。

所有人的眼裡都只有活屍，所以陸路就乾脆坐在地上，近距離觀察這些倖存者，想看看他們會做出什麼樣的決定。

結果就和他看過的電影劇情差不多，有些人自私地選擇自保，頭也不回地跑得老遠；有些人則是為了其他人而選擇用身體壓住門，不讓活屍進來；也有些人就選擇站在原地，一副想幫但又沒膽的樣子，覺得逃跑的話會良心不安，而無法邁開步伐逃離現場，乾脆就這樣站在原地當木頭人。

眼前的場面精采到陸路都快忘記這種旁觀的感覺多麼有趣了。

「愣在那幹嘛！」

「可、可是我動、動不了……」

「沒用的傢伙！就知道扯後腿！」

逃離的倖存者有三個人，用身體擋門的有兩個，其他四個人則是一副哭哭啼啼的害怕模樣。

再這樣繼續被當成空氣感覺會有點尷尬的陸路，最後選擇起身，主動上前和這些沒把他放在眼裡的陌生人搭話。

「幫我把這個櫃子推過去，它的重量足夠拖延時間。」

直到聽見陸路的聲音，這幾個倖存者才發現他的存在。

陸路簡直哭笑不得。就算再怎麼無視於周圍的狀況，也不該把幫他們開門的人當成空氣對待吧？

萬幸的是，猶豫不決的那四個人在聽見他的提議後，立刻動身過來幫忙，在他們幾個人的努力下，總算再次用鐵櫃把門擋住。

「啊啊啊——」

「吼啊——」

活屍的手臂不斷從門縫裡伸出來，撞擊的力道依舊強大，令人不安。

他們眼睜睜看著門開始凹陷，很顯然這種阻礙阻擋不了它們太久，於是幾名倖存者便加快腳步，利用爭取到的時間往樓下逃跑。

「快點離開這裡！」

「喂你！快跟我們一起逃！」

陸路雖然不是很想跟這些倖存者一起走，不過要是不跟過去的話，反而會讓人覺得奇怪，在猶豫幾秒鐘之後，陸路才跟著他們下樓。

一群人很快就來到二樓，跑在最前面的男性倖存者才剛拐彎，打算繼續往下走，就被突然從一樓撲過來的活屍壓倒在地。

「媽的！該死！」

原以為這個人沒救了，意外的是他的反應還算快，先用手臂抵住活屍的喉嚨，接著再狠狠抓住它的頭髮，硬生生將活屍甩開。

跟在後面的兩名倖存者同伴見狀，拿著球棍衝上去往活屍的頭部一陣暴打。

原以為好不容易把這隻活屍解決掉就沒問題了，沒想到又有更多的活屍從樓梯口往上衝。

「快！快往上！」

「不要回頭，跑！」

拿球棍的倖存者立刻拉著剛才倒地的同伴起身，滯留在二樓的其他倖存者有點不知所措，直到聽見三樓傳來巨響。

他們心裡很清楚，那是活屍把門撞開的聲音。

眼看這群人漸漸被逼到走投無路，殿後的陸路已經開始在計劃要用什麼方式退場，跟這些人分開行動，沒想到剛才那名徒手反擊活屍的男性倖存者突然大聲吆喝：「往這邊！」

他十分具有領導能力，能夠冷靜判斷，並迅速找出最適合撤退的路線。

所有人都很信任他，而且都乖乖聽從他的話跑向二樓的玻璃長廊。

拿球棍的兩人就像是這個男人的左右手，他們用力打破本來就有點裂痕的落地窗，接著三人便一躍而下。

其他人看到他們果斷跳下去的動作，全都嚇傻眼，就連陸路也很驚訝。

這三個人的行動乾淨俐落到完全已經習慣如何從困境中脫身一樣，該說不愧是能存活到現在的倖存者嗎？不……如果是這樣的話，其他倖存者的反應也應該如此才對，但除那三個人之外，其他人都顯得很無助、恐懼。

幾秒鐘後，所有人聽見落水聲，緊接而來的是從一樓與三樓夾殺他們後路的活屍群。

看到活屍出現的瞬間，他們再也顧不得思考，立刻跳下去。

幾名手持棍棒類武器的倖存者負責幫忙拖延時間，而走在最尾端的陸路也莫名其妙被當成其中一個幫忙的人，跟其他倖存者同心協力將活屍擋住。

由於活屍不會攻擊他的關係，陸路只好隨便抓著活屍做做樣子。

在知道自己不會被咬傷，就算受傷也會迅速恢復的前提下，陸路對於現在的情況毫無任何緊張感，只剩尷尬。

他的淡定指數似乎又上升了不少。

老實說，要做做樣子還滿辛苦的，幸好其他倖存者根本沒有把他放在眼裡，要不然現在的他看起來絕對很可笑。

「輪到我們了，快跳！」

就在陸路還在跟眼前的活屍「假裝」玩你推我擠的遊戲時，其中一名倖存者突然大聲說道，接著另外幾個人就很有默契地轉頭跑，接二連三跳下去。

陸路還沒反應過來，就被人拉著一起往下跳，完全不給他做決定的機會。

撲通一聲，耳朵裡傳來咕嚕咕嚕的水聲，幸好在空中滯留的瞬間陸路吸了一大口氣，才沒有被水嗆到鼻腔。

他和抓著自己跳下來的人同時往上，衝出水面。

「噗哈！」

「咳咳咳……」

還沒來得及抹去眼睛上的水，就聽見大量拍打水面的聲音，以及其他倖存者的大聲提醒。

「快游！」

「離開那個地方！」

陸路一開始還沒聽懂這句話的意思，直到他左側眼角餘光看到有黑色身影從高處墜落，才明白為什麼那些倖存者會這麼緊張。

追著他們的活屍現在正全部卡在玻璃走廊上，有幾隻甚至試圖攀爬，從破掉的玻璃窗框摔下來。

緊接而來的落水聲越來越多，陸路也沒時間思考，立刻和跟他同時跳下來的男人往泳池邊游過去。

啪！

喀噠！

在他忙著爬出泳池的時候，幾個像是重物用力摔打在磁磚地面的聲音吸引了他的注意力。

從走廊摔下來的活屍之中，有些墜落泳池，但有些則是直接摔在泳池邊的地板，直接骨折，動彈不得。

由於那條走廊離泳池有些微落差，想要順利跳到水裡，需要主動往前跳躍拉近距離，如果是直接垂直摔落的話，會直接摔在硬梆梆的地面上。

雖然這點距離依人類的腳力來說沒有什麼太大的問題，但對於沒有思考能力的活屍來說就沒那麼幸運了。

即使如此，也是有撞擊到地面後滑進泳池裡的，可是因為無法游泳，活屍只能硬生生沉入水底。

看到這一幕陸路才明白，原來水對活屍來說具有阻攔效果。

除他之外的倖存者也都有看到這一幕，不過大部分的人並沒有放在心上。

他們忙著確認其他人的狀況，而陸路也被其他倖存者湊過來包圍。

「你沒事吧？」

「抱歉，突然拉著你往下跳。」

和他搭話的是那名看起來很有話語權的男人，以及剛才把他拽下去的倖存者。

這兩個男人一臉憂心忡忡的樣子，好像完全把他當成脆弱、需要保護的對象。

可能是因為他的外表看起來好像很弱，所以才會被特別關心吧？

全身溼答答的陸路將上衣衣角捲起來擰乾，無奈苦笑。

「我、我沒事。」他看著兩雙望向他的擔憂視線，主動示意：「還是先離開這裡再說吧？」

活屍墜落的聲音很快就停止了，追逐他們的活屍數量並沒有想像中多，但還是造成不小的驚慌。

可是陸路卻忍不住懷疑，這些活屍和倖存者究竟是從哪裡冒出來的？明明他和布馮到達這裡的時候根本沒有看到任何人或活屍。

幾個人彼此對望後點頭示意，既然目前暫時沒有活屍，他們就可以稍微安心一點，但是他們之中的緊張氣氛並沒有因此減緩。

可能是因為終於安全後的安心感，造成情緒上的混亂，其中一個女性倖存者突然指著站在陸路面前的男人們怒吼：「要不是因為你們，事情也不會變成這樣！」

「她說得沒錯，如果不是你們昨天帶人回來的時候沒有好好檢查，沒發現她已經被感染的話，我們現在也不會變得這麼狼狽！」

「原本一切都好好的！」

倖存者團體的氛圍突然產生巨大變化。

在沒有活屍的前提下，這些人開始了最經典的環節——究責。

明明現在這個時候，追求事情發生原因並沒有任何幫助，而且從他們的對話內容來看，似乎也不像是惡意隱瞞的情況。

被指責的是包含剛才負責殿後、持球棍幫忙打活屍，以及最開始帶頭喊話的男人一夥，指責他們的則是以女性倖存者為首的其他幾個人。

男人這邊有四個人，提出究責的團體則有七個人，人數差距雖然不大，但很顯然人多說話就能比較大聲。

陸路很快就再次被這些人當成空氣。

「難道你們要見死不救？」為首的男人大聲反駁，「當時大家都同意讓他們加入，還把糧食分給他們不是嗎？這並不是我一個人的決定。」

「但是是你們把她帶回來的，之後也沒有確認她有沒有被感染不是嗎？」

這句話讓拿球棍的男人很不滿地吼道：「替她包紮的人是妳吧！看到傷口後妳不也是沒有懷疑？」

「你現在是想把責任推到我身上嗎？」

「啊不然咧！難不成還要我感謝妳？」

「你這──」

「好了，你們兩個都冷靜點。」

四人團體中比較安靜的眼鏡男，主動出手阻止這場沒有任何意義的爭論。以女性為首的團體也將被情緒過分影響的女人拉住，柔性勸導她冷靜下來。

雙方雖然討論得比較沒那麼激烈，但彼此之間已經產生嫌隙，沒辦法再繼續建立信任關係，最終選擇分開行動。

七人憤然離開泳池，而被留下來的四人面對這樣的結果，顯得有氣無力。

「哈……那些白癡。」

「別理他們，反正是那些人自己的決定。」

「我還是很不爽他們把這些爛事全都推到我們頭上來。」

三個人都對這樣的結果充滿無奈，虧他們剛才還努力保護這些人。

為首的男人在和另外三人討論了幾句話之後，這才注意到始終站在原地不動的陸路。

他很不好意思地對陸路說：「抱歉冷落你這麼久，我們還欠你一句謝謝。」

「沒關係，不用在意。」

陸路是真的不需要這些人的感謝之情，但這句話似乎被對方當成舉手之勞的善意，可以看得出來他們對自己的態度十分友善。

左思右想後，陸路才決定問清楚事情的來龍去脈。

「你們為什麼會被關在樓上？而且走的還是緊急逃生樓梯而不是主要樓梯。」

「四樓以上是政府規劃的安全區，原本這裡是被政府派來的軍隊保護的地方，但是大約兩天前，軍隊趁我們睡著的時候突然撤離，後來就再也沒有回來，我們逼不得已才嘗試外出找物資。」

男人邊說邊嘆氣，「自告奮勇離開去找物資的人很多，但也有些人選擇離開，總而言之後來樓上的安全區很快就只剩下三十幾個人左右。」

「三十幾個……結果後來只剩下你們？」

「對，我們四個負責昨天去找物資，途中發現有個受傷的倖存者便把她救回來，但因為我們這邊幾乎都是男人，所以就讓剛才那個女生幫忙包紮她的傷口，後來就讓她留下來休息。」

男人接著大口嘆氣，「誰曉得那個女生突然變異成活屍，直接咬死一半以上的倖存者，那些受到感染的屍體很快就重新爬起來攻擊人，結果就變成這樣了。」

剛才脾氣比較火爆的男人走過來，沮喪地掛在這個人的背後，難過地抱怨：「我們也真夠倒楣的，明明冒著生命危險幫他們找東西吃，結果還被迫背黑鍋，誰知道哪女人隱瞞自己被咬的事！總不可能叫我們當場把她的衣服脫光檢查吧？」

「自己站好，別靠著我。」

「阿誠，我很冷。我們去洗個澡，把身體擦乾再聊天好不好？全身溼答答的好不舒服，而且那個泳池的水不知道放多久了，有夠難聞。」

這名被叫「阿誠」的男人在聽見這個建議後，立刻上下打量全身溼透的陸路，急忙點頭同意。

「說得也是，這樣下去會感冒的。」

「走吧走吧，我們去旁邊的盥洗室——」

兩個人就這樣你推我擠地往盥洗室方向走過去，眼鏡男也安靜地跟在他們身後，至於拿著球棍，看起來一臉陽光的年輕男生，則是用無比燦爛、耀眼的笑容對陸路說：「來吧！我們一起過去。」

面對整張臉都在發光，年紀小卻身材比他還要壯碩的男生，陸路不由得冷汗直冒，很想拒絕但是卻說不出話來，最後就這樣被拉著走進去。

陸路雖然知道自己有點過於被動，可是他真的不太擅長應付這些人。

當然他有想過要不要說出還有其他同行者的事，可是到最後還是選擇暫時閉口不提。

從這些人說的話來判斷，活屍數量肯定不只有這些，但他們幾個的態度又看起來很輕鬆的樣子，實在讓人在意。

要不是他們篤定其他活屍不會趁現在冒出來，就是認為剛才先逃出去的那幾個倖存者，可以成為被其他活屍追殺的目標，這樣他們就不用著急離開了。

無論是哪種理由，這幾個人的行為模式確實讓人心存疑慮。

老實說他並不擔心在一樓搜索的布馮會不會遇到危險，倒是比較煩惱要怎麼跟他重逢，萬一就這樣被這四個人帶走的話，布馮肯定會生氣的。

惹那張狐狸臉生氣，可不是說句「對不起」就能解決的小問題。

一想到這，陸路就覺得頭痛不已。

現在只希望布馮能夠在這之前找到他。

／

幾分鐘前與陸路分開行動的布馮，正在一樓閒晃。

這棟室內游泳池在左右兩側都設有樓梯，不過右側的樓梯只能通往二樓，想要去三樓以上還是得使用另外一側的樓梯，至於逃生用的緊急樓梯則是左右各有一個，奇怪的是，右側的逃生樓梯出入口有許多重物堆積，根本沒辦法使用，反而讓人覺得有點奇怪。

但布馮並沒有放在心上，比起逃生樓梯的狀況，他更在意陸路腦袋裡的想法。

布馮知道陸路在看到資料內容後就一直很糾結，也看得出他需要時間思考，才會刻意為他保留個人空間，不去打擾他。

反正現在的陸路對他已經產生依賴感，不用再像之前那樣擔心他會一聲不吭地從自己身邊逃走。

兩人之間的關係光是能進步到這種程度，就已經足夠讓布馮開心地哼歌。

這麼有趣的玩具，他才不會隨便讓給其他人。

不僅僅是在病毒感染後活下來，還擁有超出常人的治癒能力，這對布馮來說簡直就像是天上掉下來的禮物。

——如果就這樣活生生地將陸路割開來的話，感覺會很「有趣」。

他最喜歡看著傷口噗滋噗滋地流血，若能夠獨自欣賞那雙炯炯有神的眼眸慢慢失去生氣，他絕對會興奮到無法克制，忍不住笑出來。

當然，布馮很清楚這不過是自己的「私心」，以目前的情況來說，他還不能放縱自己去享受這份快感，畢竟他來到這裡並不是為了娛樂，而是懲罰。

一想到必須將內心深處的殺戮欲望強行壓抑，布馮的臉上就慢慢失去笑容。

在陰暗的走廊上，布馮那雙如野獸般的閃爍眼瞳散發出令人畏懼的寒冷光芒，整個人散發出的氣息更是讓人不敢隨意靠近。

原本他就沒有打算用輕鬆的心情逛這棟室內游泳池，過度逼迫陸路只會造成反效果，而且他也很想知道再次確認資料內容後的陸路，會有什麼樣的反應。

更重要的是，他未來打算要怎麼做。

利用電腦的話，只要能連上網就可以輕鬆透過網路翻譯來確認文件資料上的內容。布馮知道陸路不找他翻譯，寧可選擇機翻的理由，是怕他有所隱瞞，雖然這個決定非常謹慎，換作是他也會這樣做，但心裡多少還是有點不滿。

「嗯……真希望他能百分之百信任我呢。」

布馮自言自語地走向位於後方角落的餐廳，還沒走到門口附近，他就聽見裡面傳來乒乓聲，像是有人在粗魯地翻找物品。

接著就聽見幾個男人用不爽的口氣交談。

「動作快點！我可不想再繼續待在這個鬼地方！」

「催什麼催，還不快點把東西裝進去，要是這樣兩手空空離開的話，出去也是死路一條！」

「知、知道了……」

布馮背靠著牆壁，仔細聽這些男人的對話內容，回想起剛才看見逃生出口的門被堵上的情況，大概理解發生了什麼事，以及這些人是從哪裡冒出來的。

按照這些人的說法，他們是從四樓逃下來的，好像是發現有人變異成活屍並開始屠殺周圍其他倖存者之後，在第一時間選擇從逃生門逃跑，並把一樓的逃生門堵死。

他們在逃跑的瞬間就認定其他倖存者絕對會變異成活屍，為了保全自身安危才做出這種荒唐的行為，從旁人的角度來看，完全就是蓄意殺人，可是這幾個男人似乎不那麼想，甚至還大膽搜刮放在一樓餐廳裡的物資。

他們就像是早就知道餐廳裡有物資能拿，根本沒有花時間去找，看樣子應該是倖存者們為了以防萬一藏在這裡的緊急物資，也有可能是他們私藏起來的東西。

這幾個倖存者心浮氣躁地開始抱怨，多虧他們因慌張而大聲討論的聲音，門外的布馮不費吹灰之力就能理解大概。

簡單來說就是樓上有不少倖存者，他們之中有一個被活屍咬傷卻沒即時發現的女人，女人因病毒變異後開始攻擊其他倖存者，將感染擴散。

他們選擇在逃不了之前先下樓，一口氣來到一樓並把逃生門堵死，不讓其他人出來，接著再來餐廳搜刮物資準備離開。

聽到這，布馮覺得有幾個奇怪的點。

就算當時這幾個人距離逃生樓梯很近，所以選擇從這裡逃跑，但為什麼他們會單純地認為只要堵住一樓的逃生出入口就可以阻止活屍跑下來？

「拿完就快走！」

「等、等等我——」

男人們各自背著包包走餐廳裡走出來，他們甚至沒有發現依靠牆壁站在旁邊的布馮。

布馮抬起眼看著這幾個人，離開牆面，安靜無聲地從背後接近他們。

這些人根本就沒有發現布馮，直到走在最後面的人被布馮伸過來的手用力掐住後頸，慘叫一聲，他們才察覺到不對勁，立即轉身並後退兩步路左右，拉開安全距離。

「呃！救、救命！」

被掐住後頸的男人不斷掙扎，但布馮的力道十分強勁，根本無法掙脫。

這幾個男人看著被瀏海遮住的那雙眼眸所展現出的駭人目光後，全都愣在原地，下意識感受到恐懼而無法移動身體。

布馮勾起嘴角，微微一笑。

「你們好。」

所有人在聽見這普通到不行的招呼聲之後，瞪大雙眼。

他們面面相覷，互相投以求救的眼神，但沒有什麼用處。

只有其中一個膽子比較大的男人主動開口：「你是從哪裡冒出來的？這裡很危險，我們沒時間跟你耗……」

「我知道，因為你們討論得很大聲。」

「什……你是從什麼時候開始偷聽的！」

「這裡可是公共空間，是你們聲音太大，又不是我自己想聽的。」

布馮邊說邊加強手腕力道，讓被他掐住的人又開始哇哇大叫。

幾個人被布馮的態度震撼住，隨即做出決定。

他們不知道布馮想要做什麼，也沒有興趣跟他在這邊耗時間，多拖一秒鐘被活屍攻擊的機會就會多一分，沒有人想要冒風險。

幾個人很有默契地決定拋下被布馮抓住的同伴，轉頭就往出口跑，而看到他們的態度與決定後，布馮從喉嚨深處發出令人毛骨悚然的冷笑聲。

「呵。」

接著是骨頭斷裂的脆響。

布馮乾淨俐落地折斷被他掌握在手中的脖子，隨著人癱軟無力地垂下掙扎的手臂，布馮也鬆開手，任由失去呼吸心跳的這具身體重摔在地。

他跨過屍體後，瞬間加快腳步往前衝，沒花幾秒鐘時間就追上快要出室內游泳池館正門的男人們。

這些人沒想到布馮的速度竟然這麼快，還沒回過神來，就被他的手掌抓住臉，用力往下重摔在地。

瞬間的撞擊讓腦袋暈眩，失去起身的力氣，就這樣倒地不起，而其他人也沒有被遺忘，即使在看到布馮出手後掏出刀子想要反抗，也沒有任何意義。

布馮輕而易舉奪走他們拿在手裡的刀子，乾淨俐落地割破所有人的喉嚨，有些人甚至還沒看清楚布馮的動作，下一秒就看見鮮血從自己的喉嚨位置飛濺出來。

短短幾秒鐘的時間，那些背著物資想要逃跑的男人們全都倒在血泊中，失去生氣，只剩下最開始被布馮推倒在地的人。

布馮走過去，狠狠踩住他的腹部，沾到鮮血的嘴角勾起一抹微笑。

「你想要慢慢地死去，還是快一點？」

情。

「什……什麼……」

「我好心提供選項讓你自己決定，這種優待可是其他人沒有的哦？」

「你、你這個……瘋子……」

「哈！」布馮睜大雙眸，不但沒有因為男人的這番話而生氣，反而露出相當開心的表情。

他將腳稍稍抬起，再用力踩下。

一下兩下，完全不給對方喘息時間，如果男人想要用手抓住他的腳，他就直接狠狠踹對方的腦袋。

單方面的暴力一直持續到男人再也沒有力氣反抗，才終於停下來。

此時對方也已經滿身是血，並失去意識。

就在布馮打算直接把男人的喉嚨踩碎而下腳的瞬間，正上方傳來玻璃破碎的巨響，讓他狠狠抖了一下身體，恢復理智。

他慢慢將腳放下，抬起頭望向二樓天花板，喃喃自語地喊出這個能夠讓他冷靜下來的名字。

——陸路。

聽見聲音的布馮迅速返回室內游泳池館內，他擔心的並不是活屍攻擊陸路，而是遇見其他的倖存者。

如果剛才那些人說的話是真的，那麼就表示樓上的倖存者也已經陸續往下逃跑，在不清楚這些倖存者是什麼樣的人的前提下，布馮擔心陸路很有可能會被他們攻擊。

畢竟人在面臨生死之際，根本不可能會去顧及情面，活下去才是最重要的，其他事情都沒有任何意義。

然而當布馮回頭後沒多久，就看到大量活屍從餐廳方向跑過來，其中還夾雜著不斷哀嚎的倖存者。

有些人不顧自己身體已經被咬傷，血流不止，滿腦子裡只想著逃出這個鬼地方，奮力往前狂奔；有些人則是被活屍撲倒在地之後，被大量活屍壓制，撕開身體，直到再也無法反抗為止。

活屍大多追逐著這些到處亂竄的倖存者，只有少數幾隻似乎聽見樓梯附近有聲音而跑上去，現場變得十分混亂，令人措手不及。

布馮閃過往出口狂奔的倖存者，用手肘敲破掛在牆壁的玻璃片，拿出消防斧，二話不說就把朝他撲過來的活屍腦袋劈開。

他一邊繞開混亂的現場，一邊前進，就算他想要上樓去找陸路，但那裡全都是活屍，他根本過不去。

無可奈何之下，布馮只能選擇暫時等待，讓這些不要命的倖存者將活屍全部吸引過去，順著大門離開，這樣他才有辦法接近樓梯。

即使現場充滿尖叫與哭喊聲，布馮仍面不改色，安安靜靜地隱藏自己的存在，只攻擊那些主動朝他伸爪或張嘴的活屍。

他並不害怕這些死而復生的屍體，擅於觀察的他，很清楚在這種情況下安靜地移動比起大喊救命逃跑更安全。

事實證明，他的決定是正確的，被聲音與那些倖存身上的傷口所吸引過去的活屍，根本沒有把他放在眼裡。

布馮在緩慢移動的過程中，下意識看了一眼餐廳方向的逃生樓梯，這才明白為什麼會突然冒出這麼多活屍。

原來那扇原本被堵住的門，不知道什麼時候被打開來，堆在門前的雜物被撞得歪七扭八，亂成一團。

看樣子剛才那幾個沒良心的男人，因為太過匆忙所以並沒有把門完全堵死，導致那些後來才發現情況不對的倖存者只要用力撞就可以把門推開。

倖存者為了逃生而用力過猛，連逃生門都被撞到凹陷，門都沒辦法自己關上，這才讓緊追在後的活屍能夠跟著跑出來。

如果門的狀況完好，沒有智力的活屍根本不可能自己開門，這樣就能將它們困在逃生樓梯間。

可是這群倖存者根本來不及思考，被恐懼支配的他們，只能憑藉求生本能選擇死命逃跑，除遠離危險之外，什麼都無法想。

布馮順手砍下幾隻活屍的腦袋，直到倖存者與活屍群全都離開樓內為止。

此時的空氣裡不再只有消毒水味道，還夾雜著濃烈的鮮血氣味，兩種惡臭交雜在一起，頓時讓整棟樓的空氣變得讓人反胃想吐。

布馮用戴著手套的手摀住口鼻，往樓梯方向走過去。

正準備上樓的時候，他的腳踝被垂死躺在地上的倖存者抓住。

全是鮮血的臉龐，右眼眼珠被粗魯地挖出，凹陷的眼眶流出的紅色血液直接流入口腔，但本人卻沒有任何自覺。

「救……救救我……」

這個人只是不斷重複這句話，即使已經快要失去意識，可是求生的欲望仍然強烈。

布馮厭惡地沉下臉，抬起腿，狠狠地朝這張醜陋噁心的臉踹下去。

喀！

伴隨著骨頭斷裂的脆響，這名毫無反抗的倖存者連穩定自己頭部的力氣都沒有，就這樣因為過強的力道，頸部直接九十度扭轉，斷氣倒地。

布馮往上走，來到二樓。

不知道為什麼，活屍都聚集在二樓的玻璃走廊，掛在破掉的玻璃窗邊一個個往下墜，布馮直覺認為陸路不會在那裡，毫不猶豫地來到員工辦公室所在的三樓。

他沒有找到陸路，到處都沒有。

開始有些慌張的布馮，漸漸失去笑容。

難道是趁亂逃走了？又一次把他丟下不管？

原本以為已經在陸路心中建立足夠的信任關係，到頭來只是他一個人的錯覺？

布馮越想越憤怒，渾身上下散發出陰森的氣息，被負面情緒淹沒。

「你在哪？」

就在他咬牙切齒地喃喃自語，眼看快要失去理智的時候，樓下傳來怒吼聲。

「要不是因為你們，事情也不會變成這樣！」

聲音力道強勁，但說話的人並不是陸路。

能夠清楚辨別陸路聲音的布馮非常肯定，不過這並不是他在意的點。

當他意識到聲音是從泳池那邊傳來的之後，慢慢走下樓梯，來到二樓的玻璃走廊，往下一看。

從高處可以清楚看見堆積在磁磚地的活屍屍體，以及沉入水中，不斷咕嚕咕嚕冒泡、無法從泳池裡面爬出來的活屍。

而剛才發出怒吼聲的人，正和其他倖存者一起站在旁邊。

布馮很快就發現站在旁邊的陸路，瞬間鬆口氣。

看樣子陸路沒有逃走，只是因為被捲入這群倖存者之中，所以才跑到那邊去。

雖然他不知道在短短幾分鐘之內，陸路是怎麼跟這群人扯上關係的，但從兩邊的情況來看，很顯然，這些倖存者並不是在為自己存活下來的事情感到慶幸。

起爭執的原因很好猜測，在這種情況下，八九成是在推卸責任或是追究問題發生的原因。

站在玻璃走廊上聽對話內容的布馮，輕輕鬆鬆就能確認自己的預測沒錯。

同時他也注意到倖存者很快就分裂成兩個團體，人多的那群以脾氣暴躁的女人為首，選擇離開，至於友善向陸路搭話的四人小團體，則是冷靜地和陸路交談，可以看得出來哪邊的倖存者更好相處。

布馮看見陸路渾身溼答答，在和對方交談過後，便被那個身材高大，帶著天真無邪笑容的男人拉走。

那隻抓住陸路手腕的手，令布馮不快。

他的心中甚至閃過想要用消防斧把它砍下來的念頭。

陸路是他看上的東西，他不喜歡自己的所有物被人隨便碰觸。

——但「現在」不可以，要是把陸路嚇跑的話，反而得不償失。

「啊煩死了！事情為什麼會變成這樣？」

「全死了……全部都……」

「安靜點，萬一還有活屍在附近的話，會把它們引過來的。」

討論的聲音從樓梯處傳來，布馮轉頭看了一眼，瞇成細線的雙眸染上笑意，雙手插入口袋，慢慢走下樓。

站在樓梯口的他，並沒有被那群從泳池所在的隔間裡走出來的倖存者發現，他們的注意力都被地上的屍體吸引，幾個人臉色鐵青地摀著嘴，幾個人則是警戒地張望周圍，確認有沒有活屍的蹤影。

布馮躲在暗處，看著這些倖存者刻意壓低聲音，害怕顫抖的模樣。

不久後他就聽見那群人發現散落在入口處的物資後的驚呼聲。

「靠！這不是猛哥他們嗎！」

「天啊……他們為什麼會倒在這裡？」

「好奇怪，猛哥他們身上的傷好像不是咬痕？」

「管那麼多做什麼，你看他們包包裡的東西，這幾個傢伙根本早就知道情況不對，打算偷偷溜走。」

兩名倖存者蹲下來，打開背包確認，在發現這些心腸很毒的傢伙想要背叛其他倖存者之後，對他們的死僅剩的憐憫，也消失得一乾二淨。

他們迅速帶走這些背包，頭也不回地離開。

就像是完全把被他們拋棄的那幾個人完全遺忘似的，沒有打算把找到的物資與他們分享。

幾個人小心翼翼地確認周圍情況後，加快腳步離開。

布馮在確認那些人不會回來後，冷笑兩聲，轉身往泳池的方向走過去。

／

泳池裡的水不單單只有消毒水的味道，還有因為長時間靜置而產生的潮溼臭味，光是嘴裡稍微喝進一點都會讓人覺得噁心想吐。

可是在剛才的情況下，他們根本沒有餘力去作選擇，想活命只能選擇落水。

當然，陸路根本不用做到這種程度，但如果他不跟著跳反而會很奇怪。

在陌生人面前，他必須隱藏自己不會被活屍攻擊的祕密，畢竟這件事情越少人知道越好，如果他還想要過上安靜的日子，最好還是謹慎點。

撇開那些先離開的那群倖存者不說，陸路覺得這四個人過於冷靜的態度，反而有點不太正常。

明明自從病毒爆發後才經過幾個月時間而已，在這失去秩序的世界裡，人們的觀念也在不知不覺中產生變化了嗎？

——陸路希望他只是想太多，但沒辦法否認長期在這種世界生活，就算再「正常」的人也會慢慢產生異樣。

即使身體沒有因為病毒感染而變異，內心也在慢慢地變成那些怪物。

簡單地將髒水沖掉後，陸路努力扭乾高領上衣，盯著又溼又冷的衣服好幾秒鐘後，勉為其難地穿上，用毛巾裹住下半身，和其他人一起站在吹風機與烘手機的前面努力烘乾衣服。

他知道自己這樣穿很難不讓人懷疑，但他不能在這些人面前裸露後頸，萬一被他們看見留在那個位置上的咬痕，這些年輕人很有可能會當場把他打死。

「欸，接下來要怎麼辦？」

「走一步看一步吧，總之要重新找個能夠安心睡覺的地方。」

「哈哈哈！你的要求還真低。」

幾個人開心地打鬧著，完全不像是不久前才在壓迫的情況下逃離活屍魔爪的樣子，尤其是那個散發著正向氣息的陽光男，耀眼到讓陸路無法直視。

可能是年齡相近的關係，他們的關係很不錯，也沒有因為被其他倖存者針對而沮喪，感覺就像是能活一天算一天，比起那些緊張、只顧自己的成年人更有餘裕。

但如果真要讓他選擇的話，確實跟這四個人待在一起比較安全。

其他人恐怕剛離開這個地方沒多久，就會被活屍殺死吧。

「那個……」陸路轉頭問著身旁的眼鏡男，「樓上還有其他活屍嗎？萬一它們從樓梯跑下來怎麼辦？」

「不用擔心，通往四樓以上的主要樓梯本來就已經被雜物堆滿，活屍爬不過來的，而且它們不會開門，只要沒有其他因素導致它們強行破門的話，就不會從逃生樓梯跑出來。」

「其他倖存者呢？」

「……大概凶多吉少吧。」

「說得也是。」陸路嘆口氣，好奇追問：「話說回來，為什麼逃生樓梯的門會被堵死？看起來不像是你們做的。」

「我也不知道是誰把門堵死的，這段時間我們只有透過逃生樓梯來往一樓和四樓，其他樓層的門沒有動過所以根本不知道有被東西堵住。我們是跑到一樓後發現一樓的門打不開，才往上嘗試打開門的，幸好你即時出現，要不然我們幾個恐怕沒辦法活下來。」

「看來是有人在你們逃走之前先跑掉，還惡意把門堵住不讓你們離開。」陸路垂下眼眸，小聲碎念：「真惡毒……那些人做這種事的時候就打算把其他人犧牲掉了。」

眼鏡男眨眨眼，有些意外聽見陸路這麼說。

明明才認識沒幾分鐘，但相處起來卻格外地讓人安心。

在這幾個月的逃亡時間裡，他們不知道已經見過多少自私的行為，以及那些被恐懼而淹沒理智的瘋狂倖存者，像陸路這樣沒有受到多少影響的人真的少之又少。

對陸路產生一絲親切感的眼鏡男，忍不住露出放心的笑容。

陸路抬起頭看著他，不明白自己說的哪句話能夠讓他笑出來，困惑地歪頭。

就在他打算開口詢問的同時，門口突然傳來「叩叩」兩聲，把在場所有人嚇個半死。

所有人都以為是活屍，反應很快地拿起身旁的武器，結果沒想到站在那裡的不是活屍，也不是剛才離開的倖存者，而是瞇起眼微笑、身材高大的帥哥。

「布、布馮。」

對其他四人來說是陌生人，但對陸路來說卻是能夠安心的同伴。

陸路很高興能見到布馮平安無事，不過後來想想，這本來就是理所當然的。

對方可是能夠徒手打死活屍，對他窮追不捨的可怕男人。雖然他因為病毒感染的關係所以不用擔心被活屍攻擊，但布馮明明是個普通人，卻從來不將活屍視為威脅。

如果說有誰能夠悠悠哉哉地在這個充滿活屍的世界裡開心生活，那個人百分之百是布馮。

就像他適合生活在這個世界裡一樣，布馮也是。

四名年輕男人在聽見陸路直接說出對方的名字，這才放下戒心，紛紛將目光投射在兩人身上。

怎麼氣氛有點怪怪的？

布馮雖然在笑，但笑起來的感覺卻冷冰冰的，而陸路則像是做壞事被抓包，對這個男人表現出愧疚的態度。

「看來你很悠哉，難道你都不擔心我的安危？」

「呃，這個嘛……」陸路摳摳臉頰，尷尬地回答：「我覺得你不會有事。」

布馮睜開眼，掃視那四名男人的臉，可能是布馮渾身上下都散發出敵意，四人面面相覷，有些為難。

陸路查覺到這點，於是便急忙拿起背包和衣服，快步走到布馮面前。

「你別這樣，什麼事都沒發生。」

「是嗎？」

布馮當然知道沒有發生什麼事，也很清楚他們比剛才那些倖存者安全很多，至少不會愚蠢到把他們拖下水的程度。

他的視線落在陸路溼答答的髮絲與圍著毛巾的下半身，頭痛萬分地嘆氣。

「……總而言之，你沒事就好。先把你擦乾，其他事情之後再聊。」

「嗯，知道了。」

陸路很清楚布馮是在暗示他，立刻點頭同意。

不管怎麼說，惹布馮生氣反而會讓情況變得更尷尬，所以他最好還是乖乖聽話比較好。

其他四個人見兩人的緊張氣氛緩解不少，才終於放心下來。

布馮笑著拿起陸路的背包，搭著他的肩膀和他一起走回化妝鏡前，壓住他的肩膀，讓他強制坐在椅子上休息。

「你先把上衣弄乾，我在旁邊幫你吹褲子。」

接著布馮便手腳俐落地開始處理陸路溼答答的長褲，完全無視其他四人的存在。

為了不讓氣氛變得更奇怪，陸路急急忙忙向四人解釋：「這、這傢伙本來個性就有點奇怪，你們別理他。」

四人交換眼神，彼此對望幾秒鐘，接著那散發著正向能量的天真男孩才笑著開口回應：「沒關係，對你們來說我們是初次見面的陌生人，所以他的反應很正常。」

布馮瞇起雙眼，笑盈盈地說道：「對，沒錯。你們跟剛才離開的那些傢伙一樣，對我來說都是陌生人。」

「啊……你遇到其他人了？」陽光男孩搔搔頭髮，沒聽出布馮是在故意嗆他，反而老實道歉，「對不起，那些人其實本性不壞，只是因為大家剛剛才被活屍追著跑，所以可能情緒上有點沒辦法自控。」

「本性不壞……是嗎？」布馮忍不住笑出聲，「呵！沒想到竟然會聽見這種話，真是讓我大開眼界。」

「欸？是嗎？」不懂布馮話中含意的陽光男孩，誤以為他是在稱讚自己，害羞地道謝：「真不好意思，嘿嘿。」

「嘿嘿」個頭——

陸路在一旁都快聽不下去了，要不是因為知道布馮的本性，恐怕他真的會把眼前的對話當成笑話來看。

他趁著其他人對布馮產生更反感的情緒之前，起身提醒大家：「我、我們趕快把衣服弄乾離開，在這裡待太久很讓人不安……對、對吧？」

為了尋求認同感，陸路還轉頭故意把眼鏡男也扯進來。

眼鏡男面有難色地看著陸路，最終還是選擇幫助他。

「……你說得沒錯，我們要在天黑前轉移到其他地方去才行，這裡不安全。昨天我們發現的那間房子應該可以稍微應急一下。」

「啊啊！你是說樓下有超商的那棟住宅對吧？聽起來不錯！」

張著大眼睛，看似神經大條的男人很快就同意眼鏡男提出的主意，其他人也表示認同。

當然，布馮只有微笑而已，並沒有同意也沒有否定。

他稍稍低頭在陸路耳邊輕聲詢問：「你現在是打算跟他們一起行動？」

「暫時而已。」陸路也小聲回答他，「我只打算待一個晚上就好，現在我們要再去找其他地方住也很麻煩，你稍微配合一下，別惹麻煩。」

「如果我乖乖配合的話，你會給我什麼樣的獎勵？」

「我現在可不是在跟你開玩笑。」

布馮看似玩笑的態度，讓陸路很難判斷他心裡的真正想法，但他知道要怎麼做才能讓布馮停止繼續與那四人為敵。

他轉頭詢問四人之中負責帶隊的人：「你們說的那棟住宅，離這裡很遠嗎？」

「不遠，大概只有四、五條街的距離。雖然那附近沒有看到活屍，可是沒辦法確定樓上有沒有，所以我本來就不打算待太久。」

阿誠看了一眼面帶微笑的布馮後，理解陸路在想什麼，於是便對他說：「你們想待多久都可以，就算想分開行動，我也不會挽留。」

「謝謝。」

「不客氣，要不是因為你即時出手幫忙，我們幾個早就死了。」

「舉手之勞而已。」

「呵，舉手之勞……嗎？」

阿誠並不認為陸路當時替他們開門的舉動，能夠用這四個字簡單帶過。

在活屍橫行的世界裡，早就不存在「熱心助人」的觀念，換作是他們，當時絕對不可能打開那扇門，畢竟一個不小心，自己就有可能被捲入危險，所以對他們四個人來說，陸路當時的行為與決定，相當無私。

這也是為什麼他們四個人會自然而然對陸路產生好感的理由之一。

就算他們心裡並不想要和陸路分開行動，可是也沒有理由把人強行留下來，所以四人早就決定要以陸路的想法為重。

這四個人的心思全都寫在臉上，一覽無遺，讓看在眼裡的布馮認為這是對他的挑釁。他可不想跟任何人分享陸路。

至於陸路本人倒是沒有什麼特別的感覺，只覺得這幾個人對視的眼神充滿熱情，渾身上下散發出威脅對方的氛圍，簡直可怕得不得了。

看來不只布馮討厭他們，就連那四個人也不是很歡迎他。

緊張的情緒讓被夾在中間的陸路坐如針氈。

「衣、衣服差不多乾了一點就好，我們趕快離開這裡吧！」

陸路猛然起身，揮舞雙手想要稍微緩解這種令人屏息的氣氛。

其他人看著陸路滑稽的舉動，忍不住笑出來，氣氛確實因為他的關係而稍微緩和了一些。

「確實差不多該出發離開這裡，其他人應該也走遠了，不用擔心被他們尾隨。」阿誠點點頭，並對旁邊三人說道：「而且我們還得花時間確認那棟住宅區的安全狀況，萬一大樓裡有很多活屍的話，至少還有時間能夠重新找其他地方勉強住一晚。」

「阿誠，你別說這種可怕的話好不好？要是花太多時間找地方住，就沒時間找物資了，現在我們幾個可是連晚餐都沒有著落欸。」

聽見這句話之後，眼鏡男便提議：「不然我們分開行動？」

雖然其他人一瞬間有點心動，但很快就因為不實際而作罷。

陽光男苦笑道：「我們的人數太少，沒有分開行動的餘裕。」

「李威說得沒錯，萬一那棟住宅裡有不少活屍的話，人少反而很難保命。」

「我同意阿誠——」

這四個人自顧自地開始討論，完全把布馮和陸路隔絕在外。

兩人對看一眼，並沒有覺得不妥，反正本來他們就只有今天會一起行動，時間仔細算起來頂多也才半天，所以沒必要加入討論。

布馮乾脆趁這個空檔小聲詢問陸路：「所以這些人和剛剛離開的那群倖存者，為什麼會出現在這？」

知道布馮很好奇，根本不想等兩人獨處後再聽理由的陸路，只能認命說明。

「這裡之前好像是政府建立的安全區，但不知道為什麼兩天前軍隊撤離，把倖存者全部都留在這裡。後來他們在靠自己搜索物資的時候，救了一個倖存者並把她帶回來，可是那個倖存者是受到感染的人，結果就變成現在這樣。」

他邊說邊聳肩，一臉無奈。

這確實是在倖存者團體裡很常發生的狀況，他以前待過的幾個小團體都非常排外，甚至還會見死不救，所以他反而覺得冒風險把人帶回來的這四個男生是稀有動物。

如果有好人好事獎的話，真想直接頒給他們。

「老實說現在已經很難得見到這麼富有正義感的人了。」

「正義感？」布馮稍稍撐開眼皮，嘴角漸漸失去笑容，「那種東西只會增加自己送命的機率，根本沒有任何意義。」

「我想他們應該也很清楚，但就是覺得這四個人還滿有主角的感覺。」

「只不過是運氣好，沒必要給他們這麼高的評價。」

「我知道，你用不著這麼忌妒他們。」

「有什麼好忌妒的？反正幾小時過後就會分道揚鑣。」布馮冷冰冰地壓低聲質問：「……你應該不會突然改變想法吧？」

「當然不會，我本來就不會長時間待在某個特定團體裡……原因你知道的不是嗎？」

「是因為你的祕密？」

「嗯。」

陸路心不在焉地回應，下意識撫摸自己的後頸。

看見他的反射性行為，布馮馬上就知道陸路被活屍咬傷的位置在哪，以及他為什麼堅持要穿上衣的原因。

他不是因為不想在陌生人面前露出肌膚才這樣，而是為了隱藏祕密。

「傷口還在？你不是有自癒能力嗎？」

「在變異之前受的傷好像會留疤，要是被看見的話，我會被當成病毒一樣驅趕，甚至有可能會被直接打死。」

「知道了，我會幫你留意。」

布馮開心地笑彎雙眸，心情相當愉快，因為他又知道了陸路的一個祕密。

在陸路心中，他的地位果然和那四個人完全不能相比。

越想越開心的布馮，很快就不再對那幾個人表現出抗拒的態度，盡情地在陸路面前散發親和力十足的笑容。

他這麼明顯表現出內心喜悅感的反應，頓時令陸路退避三舍。

「你的態度也未免太明顯了吧。」

「哈哈！因為我很開心。」

「開心什麼？」

「你願意跟我分享祕密，不就表示你願意依賴我？」布馮故意用可憐兮兮的表情，一邊拭淚一邊感慨地說：「光是想到一開始你對我的態度有多冷漠，就讓我覺得好感動，果然我的努力是值得的。」

「努力什麼？明明就是你對我窮追不捨……」

「怎麼可以這樣說——我那是因為想要跟你交朋友，才和你親近的。」

「我根本不想要什麼朋……唉！算了。」

陸路發現自己越來越被布馮牽著鼻子走，再這樣下去他真的會有種落入布馮手掌心裡的錯覺。但布馮會這樣說也不是沒道理，連他自己都有實際感受到。

無法否認事實與自身心態上變化的陸路，頭痛萬分地扶額。

剛好這時那四個人已經討論出結果，正打算走過來跟他們說明，一見到陸路臉色蒼白、看起來不太舒服的皺眉表情後，反而開始擔心起他的身體狀況。

「怎麼回事？你的臉色看起來不太好。」

阿誠抓住陸路的肩膀，仔細檢查他的情況，眼鏡男也湊過來把手貼在他的額頭上確認體溫。

被他們擋住，沒辦法太靠近的另外兩個人，則是拚命對他投以擔憂的眼神，令陸路難以習慣，冷汗直冒，而被這幾個人強行擠開的布馮，臉上的笑容則是變得越來越陰森可怕。

這未免也太過度關心他的身體狀況了吧！

他又不是脆弱到隨時有可能掛掉的病人！

「我沒事，拜託你們幾個別這樣……」陸路一邊用眼神暗示布馮別亂來，一邊努力地向他們表達自己沒有問題。

在聽到陸路親口說出的話之後，阿誠和眼鏡男這才把手收回。

「沒事就好。」阿誠態度友善地說：「我們剛剛已經討論好接下來要先確認那棟住宅的內部情況，之後再想辦法找東西吃。」

「那裡都是一般住宅，所以我們只能拚拚看運氣，希望其他房子裡還留有一點糧食。」眼鏡男接著說：「運氣好的話可能還找得到一些罐頭泡麵，或是餅乾之類的。」

「就算是過期好幾個月的餅乾我也想吃──」原本還很悠哉的男人在聽見食物的話題後，肚子忍不住發出叫聲，只好可憐兮兮地彎腰。

而完全沒有開口說話的陽光男李威，則是難得陷入獨自思考的沉默之中。

不知道為什麼，他一直在觀察布馮，表現得對他很感興趣。

陸路雖然覺得有點奇怪，但沒有多想。

一行六人在確定今天的行動方案後，便離開室內游泳池。

走出去的時候四人都對滿地的屍體和倒在入口附近的倖存者沒有半點興趣，就像是早就習慣這種血淋淋的畫面，完全沒有害怕，甚至還能夠自然地交談、討論事情。

透過觀察可以輕易地看出這四個人相當有默契，如果沒有對彼此的信任，絕對做不到這種程度。

雖然陸路一瞬間產生或許可以跟他們合作的念頭，但很快就被現實面說服。

他們有四個人，而他只有布馮，萬一在判斷上產生分歧，吃虧的絕對是他們，如果他的咬痕被發現的話，恐怕情況會更嚴重。

布馮跟他都承擔不起這個風險，所以即使覺得可惜，也還是只能狠下心來。

「哇，也太順利了吧！」

一路上毫無阻攔，不管是倖存者還是活屍都沒見到，順利抵達便利商店所在的住宅大樓前的六人，覺得有點太過順遂。

他們幾個人隨手在路邊撿棍棒或鐵管當作隨身武器，布馮則是把自己原本使用的消防斧送給眼鏡男。

可能是因為很感謝布馮提供這麼好用的武器給他，眼鏡男自然而然地走在他們身後，主動擔任起保護他們的責任。

從陸路的角度來看，眼鏡男這樣做完全是多此一舉。布馮可是空手都能把活屍殺死的瘋子，打起架來完全不留情面，根本就不需要人保護。

至於布馮本人更是對眼鏡男的付出不以為然，畢竟他的手裡還有一把裝滿子彈的手槍，這把槍的存在只有他知道，就連大方分享自己祕密的陸路也不曉得。

雖然以耐用度來說，消防斧確實比手槍好，布馮帶著它也只是以防萬一，並沒有打算真的拿出來使用，但如果有必要的話，他還是會毫不猶豫地扣下扳機。

在各自充滿不同想法與心思的情況下，六人踏入大樓。

才剛走進去沒幾秒鐘時間，陸路就憑藉直覺感受到這裡的冰冷氣息，讓他明確知道這裡並不是只有他們在。

空氣中瀰漫著屍體腐爛的臭味，周圍的牆壁與地面也全都是鮮血，到處都可以見到屍體，而且從屍體躺臥的方向與位置，可以想像得出來他們在生前遭受過什麼樣的對待。

由於已經經過很長一段時間，屍體幾乎都已經腐爛發臭，屍水與白色蛆蟲清楚可見，嚴重汙染樓內的空氣品質。

不過這樣對他們來說其實還不算最糟糕的情況，所以六人對這樣的畫面並沒有反感或產生想要離開的念頭。

李威透過警衛室的櫃檯確認電力狀況，不過他在電梯監視器裡看到了相當噁心的畫面。

這棟樓有兩臺電梯，一臺停在某個樓層，由於門前倒臥太多屍體而無法順利關閉，就這樣一直開開關關，另一臺則是有幾隻呆呆站著不動的活屍，安安靜靜地被關在裡面。

堆滿屍體的電梯裡面有幾隻活屍正在啃食，透過監視器畫面，可以確認樓上的住宅區狀況並不如預期那樣安全。

這是最麻煩的。

「電梯的位置是在八樓，那我們確認下面幾層樓的狀況就好，盡可能不要接近上面的樓層。」

「知道了。」

「明白。」

其他人在聽見阿誠下達的指示後，點頭附議。

四人很有默契地在低樓層巡視，跟在後面觀察的陸路，明顯感受到他們和以往曾遇到的其他倖存者團體有很大的不同。

他們對彼此十分信任，會主動去協助其他人，看得出來完全沒有任何自私自利的想法，也不是那種在遭遇危險狀況時選擇背叛同伴的損友。

無論是之前在游泳池時奮力反抗活屍、協助其他倖存者脫困，還是對於物資搜索的安排方式，都足以證實他們有足夠的實力在這個失去秩序的世界裡生存。

如果他沒有遇見布馮的話，或許會選擇跟這四個人一起行動，但就算他確實有對這些人產生好感，身懷祕密的他，仍無法和他們長期相處。

或許是羨慕吧——如果他在被活屍咬到之前遇見他們，那麼事情可能就會變得不同。

無論如何，這都只是不切實際的幻想，他還是必須面對現實。

「阿誠，三樓有一間能用的。」

最先找到可以過夜的房子的，是直覺敏銳的悠哉男。

他的個子雖然小，個性看起來像個貪玩的孩子，但行動卻很敏捷，一下子就把三樓搜索完畢。

和陸路與布馮待在二樓的阿誠仰頭問：「其他樓層呢？」

「別上來五樓比較好。」站在四樓樓梯口的眼鏡男聳肩道：「六樓有活屍，保險起見別離五樓太近，要不然我們的聲音會被活屍聽見。」

跟眼鏡男一起行動的李威也附和：「雖然數量不多，可是空間不大，動了一個很有可能就會引來其他活屍，如果把他們引下來，我們今晚就真的得考慮窩在路邊熬夜休息。」

「好，大家到三樓集合。」

大樓只有他們幾個活人，所以就算說話聲音不大，其他人也能聽見。

為了減少被活屍發現的風險，一群人來到三樓，進入已經確認安全無虞的房間裡。

可能是走得很匆忙，屋子裡還算整齊，不過有很明顯被翻找過物資的痕跡，甚至還有被子鋪在地上做為床鋪使用。

有人曾經在這裡短暫停留過，但後來不知道為什麼選擇離開，也許只是把這裡當作短暫停留的地方，本來就沒打算待太久。

大部分的倖存者都想前往政府與軍隊駐紮的安全區，就像他們之前待的室內游泳池，畢竟只有接受保護，才能放下緊繃的神經，好好休息。

兩廳三房的結構，要全部確認完畢並不算困難，幾個人確認沒有問題後，便兩人一組各自挑選過夜的房間。

分配好房間後，六人站在客廳商議接下來的工作安排。

帶頭的阿誠直接提議：「我和李威出去找吃的，另外兩個人會去找看看有沒有其他能用的物資能拿，你們就待在這裡休息順便負責顧門。」

可能是因為陸路臉色有些蒼白的關係，四人爽快地扛下搜索物資的責任，陸路雖然覺得有點不好意思，不過這也是可以讓他跟布馮私下聊天的機會，便沒有拒絕。

不過陸路一方面也因為他們對自己的信任度高到有點過頭，而感到困惑。

真不知道該說這幾個人單純還是沒有考慮太多，如果是他，絕對不可能讓認識不到幾小時的人留守。

「有我跟陸路在，你們不用擔心。」布馮笑盈盈地將手臂搭在陸路肩膀上，代替還在思考事情的他回答。

阿誠點點頭，接著便和其他人一起離開。

目送四人離開，聽著他們走下樓梯的腳步聲慢慢遠離後，陸路與布馮才下意識地彼此相望，像是有話要說。

但在陸路開口前，布馮搶先一步用皮笑肉不笑的表情，明顯表達出自己正在生氣的態度，睜開眼盯著他看。

「現在，好好解釋一下你跟這些傢伙究竟發生了什麼事吧？」

「啊哈哈哈……」

陸路冷汗直冒，只能苦笑。

布馮果然生氣了。

由於布馮臉上的表情實在有夠可怕，陸路只能老實把事情的經過一五一十告訴他，當然也包括室內游泳池是安全區，以及曾經有軍隊駐守的事情，沒有隱瞞地全部說出來。

在終於看到布馮稍微收起充滿威脅的笑容之後，陸路才鬆口氣。

於是他接著問：「所以，現在你可以離我遠一點了嗎？」

可能是擔心陸路會有逃跑或是迴避問題的念頭，布馮故意用「壁咚」的方式，將他困在牆壁上無法動彈。

雖然布馮的手沒有碰觸到他的身體，但兩人之間的距離近到讓令人窒息，而且壓迫感十足。

他相信沒有人能在布馮銳利的微笑之下，臉部神經還能保持輕鬆自在的狀態。

「沒有其他事情瞞著我了嗎？」

「當然沒有。」

陸路很不滿地雙手環胸，試圖拿出氣勢反壓，但看在布馮的眼中，他凶神惡煞的模樣真的沒有多少威嚇效果，反而有點好笑。

不過他不能笑出來，不能笑……

「噗哧！」

最終，布馮還是沒能成功忍住。

他撇頭偷笑的反應，讓陸路火冒三丈。

「你笑屁！」

「抱歉，因為你真的很不適合做這種事。」

「我、我當然知道不適合，還不都是因為你威脅我——」

「我只是怕你跟那些人感情太好，變得不想跟他們分開。」

「絕對不可能發生這種事情。」陸路扶額嘆氣，「你也知道我不可能跟不清楚我身體狀況的人待在一起，要是祕密曝光的話，事情會變得很麻煩。」

「那就好。」

布馮最想聽見的話，就是陸路親口對他承諾。

他把手收回，轉身走向客廳沙發坐下。

陸路站在原地，覺得布馮的態度有點過於輕鬆，大概是覺得沒有必要提防那四個人，所以才會如此泰然自若。

「你先去洗澡，找件衣服來換，我到現在還是能聞到你身上的消毒水味道。」

「晚點吧，我想先上樓看看狀況。」

「樓上？為什麼？」

「我剛才跳進泳池裡的時候，包包裡的東西基本上都毀了，沒辦法用，所以得重新找。樓上都是活屍，找到物資的機率比較高，運氣好的話還能找到一點吃的。」

「這麼說起來，隨身碟沒問題嗎？」

「啊！靠！我忘了！」

陸路慢半拍才想起口袋裡的隨身碟，急忙拿出來檢查。

好消息是它還在，壞消息是蓋子裡面的水多到能倒出來。

看見隨身碟的慘狀，陸路的心情感受到五雷轟頂，難受地蹲在地上。

「可惡！好不容易找到的資料……」

他都還沒讀懂內容，結果就這樣被毀掉了。

早知道他趁著混亂躲在活屍群裡面就好，幹嘛硬要跟這些倖存者一起跳下去！

「現在有些隨身碟防水功能還不錯，搞不好沒壞。」

「希望如此……唉！」陸路很不開心地走過去，把隨身碟交給布馮，「還是放你那邊好了，我覺得我太倒楣，遇到衰事的機率比較高。」

布馮覺得陸路沮喪的樣子很有趣，邊笑邊把隨身碟接過來。

「我會替你保管好的，別擔心。」

「那我去樓上看一下就回來洗澡……」

陸路沮喪地走出房間，本來就沒什麼活力、存在感低到不可思議的他，現在看起來完全就像是徘徊在這棟大樓裡的孤魂野鬼。

感覺他連走路都像是用飄的。

布馮哼哼笑著，將隨身碟放入口袋，脫下長外套之後，捲起袖子準備開始簡單打掃房間。

再怎麼說他也得在其他人回來前，整理出能夠讓人吃飯的空間，而且房間也需要透氣，瀰漫著屍體臭味與灰塵的空間，他可沒辦法好好吃飯。

／

留下布馮的陸路沿著樓梯來到五樓，就和眼鏡男說的一樣，這裡有幾隻活屍在徘徊，越往樓上走活屍的數量就越多，電梯停靠的八樓則是活屍數量最多的樓層。

這裡的屍體看起來都已經死亡經過好幾週的時間，氣味是真的難聞，不過大多數的門都緊緊關著，所以也看不出來裡面到底是什麼情況。

也許有人，但存在活屍的機率更高一點。

門外走廊全都是活屍，就算閉門不出，留在家中的食物也不知道能支撐多久，到最後只能選擇冒險離開，或是活活被餓死。

往上再走兩層樓之後，陸路來到頂樓。

頂樓的逃生門被人用力破壞，導致無法關閉，隨著風吹搖搖晃晃，隨時都有可能掉下來。

與八樓相比，十樓與頂樓的活屍數量反而偏少，陸路也成功找到幾間可以進入的房子。裡面的情況和他猜測的差不多，都是屍體與血跡。

有的是被活屍硬闖入後遭到殺害，有的則是活活被餓死。

其中有幾間房的陽臺門是呈現打開的狀態，往下看可以看到有屍體倒臥在正下方，不用深思也能大概想像出這裡曾經發生過什麼事。

一般人在看到這種慘況與血淋淋的屍體後，最直接的反應就是嘔吐或害怕，但陸路對這種事情幾乎已經免疫，早就見怪不怪，不過看到的當下還是會稍稍皺緊眉頭。

陸路努力穿越活屍群，好不容易從這些房子裡找到一些能用的東西。

幸運的是，他還找到一個新的包包，正好跟他隨身背的包包是同個廠牌，而且還是在事情發生前曾在網路上看到的最新款。

開心的陸路就這樣順手帶走，打算把髒兮兮的舊包換新。

在搜索房間的時候，陸路無意間發現其中一個房間裡面有不少青蛙的收藏品，和他喜歡、珍藏的青蛙娃娃是同個系列的，讓他忍不住多停留幾分鐘。

「好強！這不是絕版品嗎？哇賽那個是之前海外限定款！」

陸路依依不捨地拿著青蛙週邊，內心相當掙扎。

他好想拿走！但感覺這種行為跟小偷沒什麼兩樣。

最後他還是決定放棄，只拿走需要使用的物資。

同為粉絲，他真的沒辦法狠心拿走其他同好的珍藏品，就算對方已經不在，他也做不到。

除這些小插曲之外，陸路的收穫還算不錯，找到幾個沒過期的罐頭和泡麵，還有沒被破壞過的鋁箔包飲料。

拿完物資後，他來到頂樓，由高處俯瞰遠方。

從這裡能夠看見室內游泳池，除此之外還能看到好幾條街道外的情況。

附近並不是沒有活屍，只不過他們走過來的這段路正好不在它們移動的路線上，外出的那四個人肯定會遇見。

「不能再繼續這樣混下去了，得想想接下來到底要怎麼做……」

陸路看向遠方，輕聲呢喃。

他本來就沒有目標，也沒有其他想去的地方，醒過來之後的他基本上就是一直在漫無目的地徘徊。就算為了提高生活樂趣，觀察那些被活屍追著跑的倖存者，甚至還加入倖存者團體，當個旁觀者看這些人努力地想辦法活下去，可是數個月過去後，他仍然只是「活」

在這個世上而已。

比起那些想辦法逃離活屍以及被同伴背叛的人來說，他的人生索然無味。

頓時失去生活目標的陸路，開始反省。

繼續當個旁觀者，抱持這種半調子的心態活著，真的沒問題嗎？

「哈……不管活屍病毒有沒有爆發，我還是沒有任何改變啊。」

陸路忍不住自嘲。

他一邊轉動本來就不太靈光的腦袋，一邊把手肘放在女兒牆上，隨意張望周圍的情況，突然回想起眼鏡男跟他說過的話。

「話說回來，為什麼安全區的軍人會突然撤離？而且還沒有告知其他倖存者，感覺就像是刻意的。」

安全區是由各國政府負責建立起的防護網，除了保護該區的倖存者之外，軍隊也會以此為據點向外排除危險，慢慢清除周圍的活屍。

然而活屍的數量不但沒有減少，安全區的數量也沒有增加，最近這幾天幾乎沒有聽到政府持續建立安全區，呼籲倖存者前往的廣播，就連通訊軟體的社群也都沒有人再繼續提供情報。

活著的人仍在減少，而且還是以能夠切身感受到的速度慢慢消失。

確實比起剛開始的第一個月，他跟布馮越來越少遇到倖存者，要不是這次碰巧來到安全區，恐怕真的會產生一種全世界只剩他們兩個人的錯覺。

既然阿誠他們說過軍人是最近才突然撤走的話，就表示他們肯定有鬼。如果是政府下令要他們拋下倖存者不管的話，就表示政府發現了比保護倖存者還要優先的目標。

第一個浮現在陸路腦海的，是之前見過的變異活屍。

如果說軍隊是被政府下令要去追查出沒在附近的變異活屍，因此才拋棄倖存者離開的話，也不是沒有可能。

以剛才的倖存者的情況來看，他們也不像是沒辦法保護自己的樣子，要不是出現預料之外的狀況，就算沒有軍人幫忙，也能存活一段時間。

問題是，這不過是他個人的猜測，並不一定表示正確。

「哈啊……算了，不想那麼多。」陸路沮喪地垂頭嘆氣，果斷放棄思考。

反正他就是一個領月薪的普通上班族，怎麼可能知道連個影子都沒見到的政府在想什麼？還不如先想想未來要怎麼辦才好，總不能一直悠悠哉哉地到處亂晃。

即使有物資的話能稍微維持幾天的生活，可是隨著時間流逝，物資越來越難取得，而且這樣的生存方式也不是長久之計。

——他是不是得好好考慮找個地方定居，想辦法自給自足？

才剛產生這個念頭，陸路便下意識地想起研究資料內容。

病毒、實驗、細胞變異、增值的肌肉力量。

至今他仍然不明白為什麼只有他沒有變成活屍，反而還得到了微妙的自癒能力，如果說他體內的病毒不知道哪天突然反咬他一口，讓他變異成活屍或是跟那個巨人一樣的怪物，那麼他的悠哉生活也將畫上句點。

就算他沒有相關知識，也知道像自己這種特殊案例，在活屍電影裡面絕對是個不定時炸彈。

陸路呆呆地凝視自己的雙手，直到發現幾條街外的人影。

「啊，是他們。」陸路回過神，眨眨眼睛看著負責出去找物資的四人，平安無恙地背著裝滿東西的包包回來。

明明離開的時間沒有很長，但他們卻看起來很輕鬆的樣子。

彷彿早就已經準備好那些物資，短暫的離開只是去把它們取回來而已。

「哈！看樣子擔心是多餘的，這些傢伙果然很聰明。」

陸路背起包包，轉身離開屋頂。

在跟他們相處的這個晚上，他得多加小心才行，絕對不能露餡。

這四個人可以說是很有價值的同伴，但也可以說是具有威脅性的敵人，絕對不能大意。

否則他這個受到感染的變異怪物，絕對會被他們視為眼中釘消滅。

陸路努力穿過活屍群回到三樓的房間後，沒想到就看見穿圍裙、頭上綁著手帕擋灰塵的布馮，手裡拿著不知道從哪找來的雞毛撢子，把要使用的餐桌和客廳全部整理得閃閃發亮。

乾淨的程度令陸路忍不住往後退，看了一眼到處都有屍體的走廊和噴濺在牆壁上的血跡後，再重新踏回房子裡。

「……你在搞什麼鬼？」

「既然要住在這裡，就算只有一天，也不能住得太隨便吧？」

布馮笑盈盈地解釋，對自己打掃房子的行為感到自豪。

陸路不知道該從哪裡開始吐槽，不得不承認，布馮這個人腦子裡在想什麼，真的很難拿捏。

「你拿了什麼東西回來？」

布馮走到陸路面前，稍稍彎腰，歪頭詢問。

陸路嘆口氣，把背包塞進陸路的手裡，沒有回答他的問題，而是自顧自地往浴室方向走過去。

「我去洗個澡，水沒問題吧？」

「嗯，這棟大樓的電沒有被斷，自來水管也沒有受到影響，洗個熱水澡應該是沒問題的。」

「你最好趁其他人回來之前把圍裙脫掉，這個造型真的很不適合你。」

「咦？是嗎……我還以為你會喜歡。你看這上面還有個青蛙圖案。」

「我喜歡的不是青蛙好嗎？」

「你背包掛的那個娃娃不就是青蛙？」

「那個是以青蛙為設定去創作的角色啦！」

「哦——所以你喜歡的不是青蛙，是那個角色。」

「沒錯。」陸路氣急敗壞地走進浴室，用力關上門。

布馮無奈聳肩，不忘在門外提醒：「我有放一套衣服在裡面哦，記得換，別再穿那套髒兮兮的衣服了，我可不想晚上睡覺被你臭死。」

陸路脫掉上衣，把髒衣服扔進洗衣籃裡。

在聽見布馮的提醒後，這才發現在堆放毛巾的架子上有一套居家服。

「真不知道是從哪撿來的，他還真是家家酒玩上癮了。」

覺得布馮完全是在玩的陸路，嘆口氣之後走進沐浴間洗澡。

幾分鐘後，全身冒著熱氣，舒舒服服走出浴室的陸路發現四人已經回來。

他們正在客廳和布馮討論事情，以及分配今天晚餐要使用的食物。

原本還很排斥這四個人的布馮，現在竟然與他們和樂融融討論晚上要吃什麼，這個畫面讓陸路覺得渾身不舒服。

狐狸果然是狐狸，就愛裝好人拐騙那些無知的良民。

「你洗好啦？」布馮看見陸路走過來，便抱著其他人帶回來的糧食走向廚房，「我來做晚餐，你們幾個也都去把身體洗乾淨。」

「布馮哥，你是不是嫌我們臭？」

已經開始熱絡地以兄弟口吻稱呼布馮的天真男人，跟在他身後鑽進廚房，捲起袖子打算幫忙。

布馮看了他一眼，說道：「我年紀沒有大到能讓你喊哥。」

「欸？是嗎，我還以為你比我大。」

「我才二十歲。」

「什麼！」

所有人在聽見布馮自爆年齡後，震驚不已，就連和他待在一起最久的陸路也驚訝地瞪大雙眼，不敢置信。

他還以為布馮跟他差不多大，沒想到竟然才二十歲！

那不就還是個學生嗎！

「真的假的，你才二十？」阿誠走過來，忍不住上下打量，「哇完全看不出來……我們竟然同年。」

「是這樣嗎？」布馮反而不能理解地笑道：「既然我們一樣大，說話就不用太拘謹，啊，不過陸路比我年長幾歲，確實是個成年人哦。」

四人同時用不敢置信的目光集中到陸路身上。

陸路覺得尷尬，只能苦笑。

這些傢伙的態度有夠失禮的，他難道看起來不像個上班族嗎！

「呃，我還以為他是個高中生。」

「李威，你這樣說很沒禮貌。」

李威疑惑地問：「看起來年輕一點不是很好嗎？」

陸路搶在在阿誠開口之前反駁：「當然不好！我可不想被你們當成小孩子對待，大人也是有大人的面子要顧。」

四人你看我我看你，最終年齡的話題就這樣結束。

身為開起這個話題的罪魁禍首，總是表現出天真無邪的男人試圖轉移話題：「那、那個，總之先洗澡吧！阿誠，你們先去浴室，我幫完忙再過去洗。」

「你是打算用那雙臭到不行，不知道碰過什麼東西，滿是細菌的手煮泡麵嗎？」

布馮果斷拒絕他的協助。

雖然他笑起來和藹可親，但口氣十分嚴厲，可惜神經大條的笨蛋根本就沒發現，反而還握拳，信誓旦旦地說：「我用肥皂把手洗乾淨就好！」

被催去洗澡的三人則是從陸路身旁走過去，在經過陸路身旁的時候，很不好意思地點頭示意。

可能是想緩和氣氛，李威把手搭在陸路的肩膀上，笑著對他說：「你這套衣服還滿好看的，不過這樣穿不會熱嗎？」

明明高領上衣不是很好取得，但布馮卻不知道從哪挖出這件衣服，正好可以遮住陸路的後頸，只不過款式有點可愛，看起來像是女裝，讓陸路有點不太舒服。

為了遮掩咬痕，陸路也只能睜一隻眼閉一隻眼。

不過確實——他的穿搭方式很明顯地像是想要隱瞞什麼。

陸路雖然知道李威不過隨口問問而已，但阿誠與眼鏡男大概已經對他產生了懷疑。即使如此，他們應該也沒有打算做什麼，畢竟他們只會相處一個晚上。

「我比較容易感冒，所以穿厚一點沒關係。」

陸路隨便找了個藉口搪塞，李威也欣然接受。

「那我們去洗澡。你到客廳坐著休息，多穿點，晚上溫度會比白天降很多。」

「嗯，換洗衣服的話房間衣櫃裡面有，你們隨便挑著穿。」

「好——」

李威揮揮手，接著就和阿誠還有眼鏡男離開。

房子裡有兩間衛浴設備，所以他們可以先洗，另外一個人負責找換洗衣服來穿，分工合作下很快大家就全部乾淨，圍坐在放著泡麵與罐頭的餐桌旁，一邊閒聊一邊吃晚餐。

在這種像是末日般毫無希望的世界裡，能一群人和樂融融地享用食物，已經是相當奢侈的事。

陸路不知道布馮在想什麼，明明之前對這四個人不是很滿意，沒想到現在態度忽然一百八十度大轉變，不但表現得很友善，甚至還主動問要不要再多煮幾包泡麵來吃。

雖然消耗太多食物資源確實不是個正確的選擇，可是今天遭遇太多事情的他們，很需要藉由填飽肚子來犒賞自己。

他們千辛萬苦，努力想辦法活下來，可不是為了煮一包泡麵克難地分著吃。

再說，如果沒有辦法維持體力的話，搞不好沒有辦法活過明天。

倖存者現在的想法非常簡單，就是努力活下來欣賞隔天清晨的日出，除此之外的願望都是奢侈的。

「雖然我們明天就要分開行動，但難得相遇，要不要交個朋友？」

阿誠作為領頭羊，主動向陸路和布馮提議，並釋出善意，先說明他們四個人的關係與身分。

他們四個人是幾個月前活屍病毒剛爆發的時候，就開始一起行動的同伴，在這之前雖然只是陌生人，可是在幾個月的相處下，意外發現彼此非常有默契，也就慢慢成為朋友。

雖然在這種末日時代裡說這種話很奇怪，但他們卻反而有種因禍得福的感覺。

「我們四個都是同一間大學的學生，病毒開始爆發的時候，正好都在學校上課，那個時候校園裡也是一團亂……可以說是慘不忍睹。」

陸路大概可以想像得出場面有多麼可怕，不過更令他意外的是，這四個人強大的抗壓力以及優秀的適應能力。

怪不得他們能生存到現在，累積的經驗與對彼此的信任，互相協助並分工合作，說他們四個人已經是生命共同體也不為過。

大概是從他和布馮的身上感受到相同的氣息，他們才會這麼友善。

否則依照這四個人的生存方式，即使那個時候他打開那扇門，在危急時刻救了他們一命，但要是他在這些人的判斷下並不屬於與他們同樣擁有生存能力的話，早在離開室內游泳池的時候，就會選擇分道揚鑣。

被這四個人看上，陸路也不知道究竟是好是壞，但他不討厭現在這種氣氛。

自從世界變得混亂之後，就再也沒遇過能夠像這樣主動釋出善意的倖存者了。

「讓我重新自我介紹。」阿誠看出陸路的態度已經沒有之前那樣警戒，或是想要跟他們保持距離，便笑著將手掌心貼在胸前，爽朗地笑著說：「我叫林誠皓，大家都叫我阿誠，旁邊這個吵吵鬧鬧的是許學光。」

「就是我就是我！」明明沒有喝酒，但這個個子矮小的男人卻突然開心地拍桌起身，整個人向前伸長，跨過桌面貼近陸路的臉。

陸路瞪大眼睛眨了兩下，由於不習慣這種自來熟的態度，下意識往後退，跟對方拉開距離，結果不小心撞到布馮的手臂上。

這時陸路才發現，布馮反應比他還要快地起身，一隻手攬住他的肩膀，另一隻手則是作為盾牌擋住想要靠近他的許學光。

氣氛頓時變得有點尷尬。

猛然回神的陸路急忙抓住布馮的手，而阿誠也把太想要表達親切感的許學光拉回來，要求他乖乖坐好。

「不是跟你說過很多次，這樣做會嚇到人嗎？」

「抱歉啦，阿誠，我只是……因為真的很喜歡他才這樣的，我想要和哥一樣和他當朋友。」

「我說了很多次，我不是你哥。」布馮的笑臉突然變得有些僵硬，雖然不至於到生氣的程度，但可以讓其他人明白他並不喜歡許學光的親暱行為。

李威見狀，急忙出來緩和氣氛。

「別太苛責他，我知道你們打算明天就跟我們分道揚鑣，所以不想要跟我們太過親近，但之後還有可能遇見不是嗎？」

「如果你們能活到那個時候的話。」布馮完全不避諱地唱衰他們。

當然，這幾個大學生根本就沒有放在心上，只當布馮是在開玩笑，唯獨眼鏡男的臉色不是很好看，因為他知道布馮根本不打算再跟他們見面。

為了不再讓這尷尬的氣氛害自己消化不良，他主動開口說：「我是何秉延，這看起來頭腦簡單四肢發達的運動傻瓜是李威。」

乾脆俐落地介紹完之後，他輕推鏡框，等待陸路與布馮開口。

阿誠也知道何秉延心裡在打什麼算盤，故意不說話，甚至用手遮住許學光的嘴巴，不讓他打亂計畫。

陸路知道這四個人並沒有表面看起來那樣單純，也不是那種會熱情支援陌生人的個性。就算他當時確實打開那扇門，在危急時刻保護他們，但這並不表示他們就會心懷謝意。

單純的個性與想法，在這個世界裡絕對存活不了幾天。

陸路推開布馮的手臂，起身站在四人面前。

他垂低雙眸，態度冷冰冰地回答：「我是陸路，這傢伙叫布馮。希望我們的緣分就到今天為止，可以的話，以後最好不要再遇見。」

說完，陸路轉身回到房間，布馮則是笑咪咪地跟在後面。

在進入房間前，他微微睜開眼睛，在黑暗中閃閃發亮的眼珠子，目不轉睛地盯著四人。

四個人都被布馮這充滿威脅性的目光嚇了一跳，冷汗直冒，直到他進入房間關上門之後好幾秒鐘，他們都還沒辦法冷靜下來。

許學光把摀住他嘴巴的手拽下來之後，擔憂地說：「阿誠，那個哥好可怕啊。」

不只是他，其他三人也覺得布馮絕對是惹不起的危險人物。

「就像他們說的，我們最好再也不要見到面比較好。」何秉延拿起水杯，喝了一口，「他眼神根本就像是個瘋子，那絕對不是正常人會有的。」

「是這樣嗎？」神經大條的李威倒是不以為意，他歪頭思考，忍不住說：「雖然我對那個叫布馮的沒有什麼想法，但陸路大哥人還不錯，而且我們也很久沒有遇到有差不多想法的人了，就這樣跟他分開，感覺有點遺憾。」

「就算是這樣，也不能強迫他們跟我們一起行動吧？」阿誠搖頭否定李威的想法，「別想太多，按照我們以前的生存方式就好。」

「話說回來，你們有沒有覺得事情有些詭異？」何秉延輕輕晃動手中的玻璃杯，轉移話題和其他人討論，「我們帶回來的那個女孩子，就算沒發現她的咬痕，但從她發病、變異的速度來看，好像有點不太對勁？」

被咬傷後，人體變異的速度非常迅速，通常不需要幾分鐘時間就會變成活屍，可是他們帶回來的女孩卻是隔了好幾個小時才變異，甚至還是挑選在大家休息、沒有人注意她的時候。

與其說是她會挑時間變異，倒不如說她像是認定那個時機是最佳的出手時間，才露出原來的模樣。

只不過，其他倖存者在軍隊的保護下過得太安逸，他們根本沒有仔細思考這個問題，才會把責任都推卸到他們身上來。

「你覺得她是故意讓我們帶她回安全區？」許學光好奇地問道，「如果是這樣的話，不就是陷阱嗎？」

「嗯……而且設下這個陷阱的人，肯定跟那個女孩子有關，坦白說雖然剛才在游泳池的時候情況很混亂，但在那些變異的活屍以及屍體之中，並沒有看到那個女孩。她還活著的機率很高。」

阿誠摸著下巴低頭思索，並說出其他可疑的問題點。

「活屍應該沒有自我意識才對，可是那個女孩怎麼看都不像是符合我們之前所見到的活屍，真的很奇怪。」

「該不會我們遇到了SSS等級的怪？」

喜歡打遊戲的許學光，隨口亂說，卻反而讓其他三人瞪大雙眼。

「對耶，也不是沒有這個可能性。」

「活屍確實也有優劣差別，你看上次我們不是有遇到一個看起來像是動物，趴在地上用手腳移動的奇怪活屍？」李威回想起那件事，還忍不住皺眉，「它超級難打死的，當時我真的有種在打遊戲的錯覺。」

其他人也表示認同。

「如果說真的有那種比較特別的活屍……確實也不奇怪。」

「呃，好麻煩啊！看來我們以後除了要留意活人之外，連死人都要小心。」

門。

看著阿誠與許學光露出煩惱的表情，何秉延下意識地將目光轉移到陸路和布馮的房間

若真的有能夠正常和人溝通，或是難以分辨的活屍存在，那麼或許——刻意穿著高領衣服，不怎麼願意露出特定部位肌膚的陸路，也該被列在危險名單之中。

雖然不知道陸路和布馮在隱瞞什麼，但從他們想要分開行動的態度來看，恐怕這兩人身上還有著不想被他們發現的祕密。

「早點睡吧，我們也不能太晚離開。」何秉延對其他三人說：「若那個女孩子真的是被人刻意留下來的陷阱，那我們得盡快離開這個城市。」

「好，沒問題。」

「知道了。」

「阿誠！我要跟你一起睡！」

四人起身離開客廳，各自走進房間休息。

隨著天空變得越來越暗，月亮被大量烏雲遮住，伸手不見五指的黑暗中，如芝麻般的星光反而格外顯眼，給人一種寧靜安詳的錯覺。

在自動點開的路燈燈光下，有幾輛車緩慢地在馬路行駛，它們的目的非常明顯，像是早就已經確定方向與接下來的行動，停靠在這棟民宅大樓對面的街道邊。

這幾輛車並不是隨處可見的一般轎車，而是軍用裝甲車。

引擎聲雖然不是很大，但因為城市太過安靜，很難不讓人發現。

——尤其像是布馮這種神經敏感的人。

從它們出現在幾條街的距離開始，布馮就已經注意到這幾輛車的存在，於是他迅速回到房間，將睡到流口水的陸路叫醒。

「陸路。」

「呃……什麼……」

陸路睡眼惺忪地睜開眼，依依不捨地離開溫暖的床鋪。

他一抬起頭就看到布馮將食指貼在嘴唇上，示意他安靜，瞬間他就知道事態不對勁了。

瞌睡蟲馬上消失無蹤，陸路點點頭，用袖子擦乾口水，與布馮一起起身走向客廳。

這間房子的位置不是在大樓入口正上方，而是稍微偏旁邊一點，靠近走廊盡頭的位置，所以可以藉由窗簾作為掩飾，偷偷窺看路上的情況。

在看到那幾輛裝甲車停靠在對面車道後，陸路臉色大變。

「搞什麼鬼？為什麼軍隊會跑到這種地方來？」

裝甲車上走下來數名裝備齊全的軍人，看他們的動作和態度，像是打算攻堅一樣，陸路差點以為自己在拍什麼動作片電影。

為什麼他有種被盯上的錯覺？可是他明明跟這些軍人沒有任何關係——不，並不是完全沒有關係。

靈光乍現的陸路，猛然抬起頭，當他望向布馮的時候，才發現布馮早就已經猜想到是怎麼一回事，笑起來十分欠揍。

他垂下眼，指著窗外問：「這些傢伙該不會就是拋棄游泳池那群倖存者的軍人吧？」

「除此之外還有其他可能性嗎？」布馮聳肩，一副事情根本沒什麼大不了的態度，完全不在乎那些軍人會不會拿槍闖進來。

陸路知道布馮自信滿滿，但對方手裡可是有槍，甚至還有基礎近戰能力，他們幾個普通老百姓怎麼可能打得贏？

「大概是下午他們出去的時候沒有留意，被這些傢伙盯上了，看這樣子連自己被尾隨都不知道。」

「你的意思是，那些軍人沒有撤離，只是躲在其他地方觀察倖存者嗎？」

「嗯。」布馮微微睜開眼，看著軍人們整裝待發的樣子，收起笑容，「那些傢伙不是說過嗎？他們帶回去的女孩子突然變異，攻擊其他倖存者……難道你不好奇那個女孩子是怎麼被找到的嗎？無論是出現的時間點，還是被發現時的狀況，都存在很大的疑慮，他們還天真地把人帶回去。」

「難道那個女孩子……」

「嗯，很有可能是二次變異的活屍。」

「怎麼會！就算是這樣，再怎麼樣也不可能分辨不出來吧！」

「你自己不就是最好的例子？」

布馮轉過頭來看他，背對光源露出笑容的他，陌生到讓陸路覺得自己好像被掐住脖子，喘不過氣來。

陸路臉色鐵青，後退兩步，但又很快被布馮抓住手腕拉了回去。

「別想太多，我的意思並不是在說你很危險，只是我們應該考慮到這種情況是有可能發生的。其他倖存者雖然不知道有這種事，但你跟我心裡都應該明白。」

陸路面無血色，努力穩定情緒。

他知道現在不是應該和布馮爭論這種事情的時候。

「算了。」陸路用力將被布馮抓住的手抽回來，「現在要怎麼辦？我可不想被捲進麻煩的事情裡。」

「哈哈！那我們就直接閃人吧？反正軍人的目的很明顯就是那四個人，跟我們沒有什麼關係，只要找個地方躲起來就好。」

「你雖然說得很簡單，但做起來很難欸……」

陸路話才說到一半，突然感受到背脊傳來冷顫，他從未有過這種雞皮疙瘩全部冒出來的感覺，讓他驚訝到立刻轉頭看著對面車道。

那些軍人在準備好之後，將打開其中一輛車的後座車門，將脖子被綁著電子鐐銬的女孩子拉下來。

當女孩子站在路燈下的那一刻，陸路忍不住倒抽口氣。

她渾身是傷，很明顯經歷過毆打，可怕的是她的嘴巴戴著鐵製口罩，衣服與嘴唇邊全都沾滿鮮血，看起來怵目驚心。

令陸路在意的，並不是這名女孩遭受的待遇，而是環繞在她身邊的可怕氛圍。

女孩像是發現到他的存在一樣，猛然抬起頭，準確無誤地盯著站在窗簾後的陸路。被她恐怖的行為嚇到的陸路，急忙拉住窗簾阻擋視線，心情突然變得恐慌、難以控制。

那女的為什麼能一瞬間鎖定他的位置？有夠恐怖！

而且不知道為什麼，心裡浮現出絕對不可以跟她正眼對到的想法，總之陸路並不想跟對方扯上關係。

心裡因恐懼而不斷叫囂，意識到危機的大腦開始瘋狂催促他逃離現場。

將陸路慌張模樣全部看在眼裡的布馮，先是微微一愣，接著轉身回到房間，花不到十秒鐘時間就將陸路的背包帶出來。

「我們走。」他用力抓住陸路的手腕，打算就這樣帶他離開。

沒想到才剛轉身，布馮就看見不知道什麼時候醒過來的四人，已經站在他們身後。

四個人早就已經整裝完畢，看起來就像是早就知道軍人會來這裡一樣，隨時都做好要離開的準備。

看見他們的表情和模樣後，布馮睜開眼，不屑恥笑。

「原來如此……你們早就知道自己被跟蹤，已經做好隨時離開的準備。」

「我們沒有傻到連被跟蹤都不知道。」阿誠不畏懼布馮生氣的威脅態度，坦蕩蕩地替自己辯解，並好心建議：「趁現在還不算太晚，你們也趕快離開比較好，天曉得那些人又在謀劃什麼。」

如果可以，布馮真想現在立刻殺了這些人，但陸路的臉色實在太糟糕，他沒有時間再繼續跟這些人耗下去。

他不爽地嘖了一聲，撞開擋在面前的阿誠，用力將沒有任何反抗意思的陸路拉出房間。

被他撞到有點痛的阿誠，有些無奈地輕輕撫摸被布馮的肩膀刻意撞擊的位置，勾起嘴角苦笑。

「我們也出發吧。」

看來他們之間的緣分，真的短到令人不捨。

「等等，布馮！現在下樓的話會直接撞見那些軍人吧？」走出房間來到走廊後，陸路看到一路將他帶往樓梯口的布馮，急忙阻止。

樓上都是活屍，樓下則是有那些持槍的軍隊和詭譎的女人，被夾在中間樓層的他們，幾乎無路可逃。

「地下室。」布馮冷靜地回答，「地下一樓是停車場，想要離開的話，目前只有這個方法。」

他知道現在下樓會和剛才讓陸路受到驚嚇的女人碰面，可是比起上樓，這已經是最佳的選擇。

陸路在聽見布馮的打算後，沒有回嘴，因為這確實是目前最佳的選擇。

在他們來到一樓的時候，那名戴著嘴套的女人已經站在警衛櫃檯前。

她垂著頭，凌亂的髮絲沾著凝固的鮮血，看起來就像枯乾的稻草。

女人光著腳，身上衣服破破爛爛，雖然渾身是血，但從她完全沒有半點傷痕的狀況來看，這些血百分之百不是她自己的。

她的十指僵硬，稍稍往內彎曲，微微顫抖，安靜無聲的大廳裡，可以聽見她低聲呢喃著重複的兩句話。

「救……救我……」

「不要……我不想……死……」

就像是重複撥放的錄音帶，一次又一次，語氣中充滿恐懼，但是當她猛然抬起頭的瞬間，那雙泛紅的眼球與黑到發亮的瞳孔，彷佛中邪般的注視著陸路與布馮。

陸路下意識地罵了聲髒話，接著說：「該死，這女人果然是變異活屍。」

「是被那些軍人當成武器使用了吧，在室內游泳池引發感染的應該也是她。」

正當他們確定自己面對的是相當危險的對手後，突然女人的側臉傳來「喀」的一聲，掛在她嘴巴上的嘴套瞬間解開。

大樓內部監視器移動鏡頭的聲音吸引了陸路的注意力，看來外面的軍人是利用監視器畫面來確認嘴套解開的時間點，否則不會把時間算得這麼剛好。

也就是說，他跟布馮被對方判定為需要消滅的「目標」。

「……跑。」

陸路聽見布馮對他說話，便抬起頭來看著他的側臉。

這時他才發現，早已察覺到不對勁的布馮睜開大了他那雙細小的眼眸，目露凶光，警戒地鎖定女人的行動。

就算他再傻也能明白，布馮的態度有所改變的原因，是因為他非常確定眼前的對手是棘手且難以應付的對象。

但是，陸路並不打算照他的話去做。

「別開玩笑了，我沒有打算拋下你一個人離開的意思。」

說不害怕絕對是不可能的，他的直覺瘋狂地在他腦海裡嘶吼著趕快逃走，可是他做不到。

「陸路，我不是在跟你客氣……」

「我知道，所以你給我閉上嘴。有時間跟我說這種話，還不如想辦法一起逃出去！」

布馮嘆口氣，「我是有想法，但你應該不會喜歡。」

「沒差啦，你覺得我會在乎？」

「呵……那到時候你可別跟我抱怨。」

布馮稍稍向旁邊移動，偷偷按下電梯按鈕，他看了一眼樓層數字，心裡盤算著電梯到達的時間，接著拿出隨身攜帶的瑞士刀，狠狠朝自己的掌心劃了一刀。

鮮血流出來的瞬間，空氣中瀰漫著對活屍來說相當美味誘人的刺激香氣，女人突然停止一直喃喃自語的嘴，往空氣嗅了幾下後，露出笑容。

陸路不知道布馮想做什麼，也沒時間思考，因為那個瘋女人突然狂笑著朝他們衝過來。

「哈哈哈哈！」

「媽的！搞什麼鬼！」

陸路原本想要以自己的身體去擋住女人，再怎麼說比起沒有受到感染的布馮，當然是他去擋會比較安全，可是布馮與他的想法不同。

布馮的速度比他還快，直接衝到女人面前，以手肘狠狠重擊女人的鼻梁，接著在利用手中的瑞士刀猛插她的頸部與眼睛，試圖讓她失去追蹤能力。

他大膽的攻擊方式令陸路傻眼，沒想到他竟然完全不在乎自己會不會被抓傷或咬傷，無視感染的可能性，對活屍直接展開攻擊。

不僅如此，布馮的臉上甚至難掩興奮地笑著，毫無畏懼。

「……瘋了。」陸路張大雙眼看著布馮攻擊女人的場面，說不出話來。

怪不得他那麼有自信地叫他先走，看來他的擔心是多餘的。

由於布馮掌心的傷口，女人對他產生相當執著的攻擊性，就算臉骨被打歪、滿臉都是傷痕，但是她卻仍堅持想要將眼前的人撕成碎片。

陸路在後面觀察女人的行為，覺得有點奇怪。

如果是二次變異的話，這個女人應該擁有不遜於之前那個巨人的實力才對，但現在看起來，巨人和她之間的落差實在大到讓人難以相信，他們都是變異後擁有不同能力與樣貌的活屍。

照這樣子來看，就算活屍二次變異也不見得會變得比較強大。

就像是賭博一樣，運氣好就能成為像巨人那樣的活屍，運氣差的話——即使外表產生變化，內在仍與普通活屍沒有什麼兩樣。

他被軍人對待這個女人的方式錯誤引導，所以才會判斷她可能跟巨人一樣難對付，如果是這樣的話，或許他也能打得贏。

正當陸路握緊拳頭，忽然提高信心的瞬間，女人面朝布馮張大嘴巴。

她的嘴巴撐開將近一百五十度大小，即使嘴角因此裂開，她也不以為意。

布馮在看到她的舉動後，先是懷疑目的，接著沒過多久，從女人漆黑的喉嚨裡迅速衝出來的生物直接朝布馮的臉攻擊。

在這種距離下，一般人根本來不及閃避，但布馮卻早就已經有所準備，仰頭避開攻擊的同時，往後跳幾步，與女人拉開安全距離。

陸路連聲音都發不出來，只能緊張地在旁邊嚥口水。

布馮沒事他當然很高興，可是在看到女人可怕的模樣後，他卻一點笑容都擠不出來，肌膚甚至冒出雞皮疙瘩。

這時他才明白，他的直覺為什麼頻頻在警告他不要接近這個女人。

他必須提防的並不是女人，而是躲藏在女人體內的怪物。

女人就像個俄羅斯娃娃，強行被撐開的嘴仍在繼續擴大，而從她嘴巴裡鑽出來的，是全身皺巴巴，只有尖銳牙齒與嘴巴，沒有其他器官的長條蟲。

它發出咯咯咯的聲音，整條身軀都沾滿黏稠的液體。

那並不是口水，而是不明黏液。

在那張長滿尖牙的嘴巴裡，傳出女人的聲音。

「救救我……救命……」

「請你幫我……」

直到聽見熟悉的求救聲，陸路和布馮才明白，原來一直發出求救聲的並不是女人，而是這個怪物。

怪不得那些軍人會如此小心翼翼地對待她，甚至還替她戴上嘴套。

嘴套的作用並不是怕女人會誤咬傷別人，擴大感染，而是怕在她體內的怪物會跑出來殺人。

——這隻長條蟲，就是變異的活屍。

看著它的陸路，十分篤定。

「居、居然有活屍躲在人體內……」

陸路實在不敢相信眼前所見到的畫面，變異活屍披著人皮捕殺獵物的行為，像極了野生動物。

「現在不是感慨的時候。」

布馮轉過身跑向陸路，抓住他手腕的瞬間，電梯門也慢慢打開。

裡面的活屍立刻就聞到布馮的鮮血味道，新鮮的血讓它們如夢初醒，一隻隻恢復精神，衝出電梯，但往外衝的活屍卻和窮追不捨的長條蟲活屍撞個正著，活屍形成的牆，順利讓雙方拉開距離，給了他們逃跑的時間。

活屍群原本是想要攻擊布馮，可是它們嗅到了距離更近的血味——那是布馮剛剛衝過去攻擊女人的時候，刻意抹在她身上的鮮血。

沒有智力的活屍純粹依靠鮮血的氣味來辨別目標，所以當長條蟲衝進來的時候，立刻就將距離最近的它視為攻擊目標。

長條蟲附著在女人體內，無法和身體分割、自由行動的它，就這樣被活屍群抓住，不分敵我地開始啃食女人的四肢與軀幹。

「嘎啊啊啊啊！」

長條蟲發出尖銳的叫聲，它甚至操控女人的身體不斷掙扎，但是卻沒有任何效果。

陸路最後看到它的畫面，是它被活屍埋沒的樣子。

看來就算是變異活屍，也不見得比一般活屍還強。

兩人頭也不回地衝下樓，順利來到地下室。

就像布馮說的，這裡確實有能夠通往平面道路的車道，順利的話可以從那裡出去，但是卻出現了預料之外的問題。

地下室裡有幾隻肉眼能見到的活屍，正呆呆地站在原地，緩慢晃動身軀。樓上的混亂似乎沒有驚動它們，這些活屍大部分都待在汽車周圍，有些甚至是趴在敞開的後座內。

除此之外車邊、車道、柱子部分都可以看到渾身是血，體內器官被掏出來抹在地上的屍體，有些甚至只剩下上半身，情景十分可怕。

恐怕大部分都是想要逃跑的居民，在來到地下室想要開車離開的時候，遭受到活屍攻擊，結果全都死在這裡。

不知道是不是因為這樣，徘徊在地下室的活屍數量比樓上還要多。

一看到這個場景的布馮和陸路，立刻停止向前的步伐，小心翼翼地靠牆蹲下。

「把手給我。」

陸路小聲說完後，強行將布馮的手抓過來。

他看著布馮手掌心的傷，緊緊皺眉，從包包裡拿出衛生棉與膠帶。

利用衛生棉來吸傷口流出的鮮血，再用銀色的防水膠帶捆起來穩定好，簡單的傷口包紮就這樣輕鬆完成。

「抱歉，現在只能做簡單的緊急處理，等離開這裡之後我再重新幫你包紮，萬一細菌感染就糟糕了。」

「你……懂得還真多，沒想到還有這種包紮方式。」

陸路嘆口氣，「醫療資源本來就是最優先被拿走的物品，尤其是紗布、藥水那些東西，還有就是止痛消炎藥。剛開始可能還比較好找一點，現在已經很難找到了，只好拿有差不多作用的物品勉強代替。」

布馮試著伸展手指，五指向掌心縮起後再慢慢放鬆，確認在行動上沒有什麼太大問題後，才又重新把頭探出去確認狀況。

他開心地對陸路說：「我們運氣還算不錯，剛才那隻變異活屍不算太難對付。」

「嗯……看起來她應該用欺騙倖存者的善意，然後再來偷襲的方式捕獵。」

「呵呵，有點像monkfish呢。」

「你說芒……啥東西？」

「是monkfish，我想想哦……你們這邊的話好像叫做鮟鱇？」

「什麼安康，永保安康嗎？還是安康車站？」

雖然布馮完全不知道陸路在說什麼，但他決定最好不要深究比較好。

就在他決定轉移話題的時候，樓上突然變得鴉雀無聲，就像那些吵鬧的活屍全部都在一瞬間消失般，安靜到令人不安。

布馮和陸路很快就能猜出原因，能夠迅速且安靜處理掉活屍的，十之八九是在外面待命的軍人。

他們既然能夠透過監視器畫面確認內部狀況，那麼在看到女人被活屍攻擊以及他們順利逃走後，肯定會追上來。

留給他們逃跑的時間並不多，就算他們有辦法從地下室的活屍群逃出去，也不可能跟拿槍的軍人硬碰硬。

「不知道那四個人現在在哪……」

「都什麼時候了，你還在擔心他們？」布馮用力搔亂陸路的頭髮，無奈一笑，「現在你只需要專心考慮怎麼逃出去就好，別管其他人，尤其是那些城府深到令人倒胃口的傢伙。」

「……說得也是。」

畢竟現在會造成這種情況，也是因為那四個人故意而為。

仔細想想，他們會主動提議暫時一起行動，搞不好就是早就盤算著要把他們捲進來，這樣至少能夠分散那些軍人的注意力。

明明感覺很真誠，實際上卻想著要怎麼利用他們，現在他可以理解之前那群倖存者為什麼會對他們四個人口出惡言，將責任全部推到這些人身上。

是他太過安逸，太過相信自己的判斷力，才會導致現在的處境，相較之下布馮雖然表現得和藹可親，但至始至終都對他們保持懷疑的態度。

如果不是布馮，陸路很難想像在軍人闖入之後，自己將面臨什麼樣的處境。

樓梯上方傳來對講機的聲音，軍人正在使用英文和對方交談，由於說話速度很快，而且距離有點遠的關係，陸路根本聽不清楚對方在說什麼，但在看見布馮嚴肅的表情後，他很確定絕對不會是什麼好消息。

「布、布馮？」

「噓。」他摀住陸路的嘴，低聲說道：「那些軍人現在要分成兩組搜索樓上和地下室，我們先離樓梯遠一點。」

沒辦法開口回答的陸路，只能乖巧聽話地點頭。

在布馮把手收回後，他們小心翼翼、盡可能不發出聲音，往其中一輛轎車的後方移動過去。

從樓梯口的方向看過來，這個位置正好是死角，加上旁邊還有活屍，在視線不佳的地下停車場，很難發現他們的蹤影。

幾秒鐘後，三名軍人下樓，他們用衝鋒槍上的照明裝置確認停車場內的情況，即使看到大量活屍也沒有表現出驚慌，可想而知，他們早就對這情況見怪不怪。

三人很清楚活屍不會對光線產生反應，只要沒有受到刺激，這些活屍就不會主動攻擊。

他們把槍放下，背在身後，拿出軍刀沿路清除活屍。

「破壞大腦」是能夠殺死活屍的最簡單方法，而這些軍人很顯然已經相當熟悉這種攻擊方式，瞬間就能判斷出要如何行動。

三名軍人一邊用槍與軍刀處理活屍，一邊慢慢前進，並確認各個可能躲藏人的角落位置，眼看他們搜索的範圍越來越近，布馮警戒地瞇起雙眸。

他的瞳孔在黑暗中仍閃爍著亮光，如寶石般漂亮，但也讓人感受到冷冰冰的危險氣息。布馮在確認軍人的位置後，轉頭面向陸路，將食指貼在嘴唇上，示意他不要出聲，安靜地躲在這。

陸路雖然不太明白布馮想要做什麼，但還是乖乖聽他的話，摀著嘴巴，背靠著車體坐在地上。

他不怕活屍，因為活屍不會攻擊，可是當他面對這些帶著槍、訓練有術的軍人時，陸路才發現自己並不是變得無所畏懼，而是因為自從身體變成這樣後，他就沒有受過威脅。無論是之前遇到的巨型變異活屍，還是現在這些軍人，全都讓他重新感受到「恐懼」的滋味。

他還以為自己的感覺越來越遲鈍，是因為變異的關係，現在看來，就算身體產生變化，他仍然是個擁有喜怒哀樂的「人類」。

就在陸路因為害怕而想要抓住身旁的布馮時，赫然發現布馮不知道什麼時候消失不見，身旁空蕩蕩的感覺讓他渾身一震，內心慌張不已。

還沒回過神，他就聽見空蕩蕩的地下停車場傳來物體重擊的沉重聲響。

地下停車場只剩幾盞日光燈掛在天花板，不停閃爍著，在隨時都會消失的照明下，一名身材高大的男人手握手槍槍管，將槍托作為鈍器，神不知鬼不覺地從後方偷襲走在最後面的軍人。

「呃！」

軍人悶哼一聲，便失去意識倒地不起。

布馮拿著還在滴血的手槍，抬起頭，看著將槍口對準他的兩名軍人。

他們雖然在聽見聲響後迅速轉身舉槍，還沒來得及扣下扳機，就看見布馮轉動手中的槍，握緊槍托，高舉起手槍，對準天花板開了一槍。

碰！

響亮的聲音迴盪在地下停車場，兩名軍人瞬間面無血色。

周圍的活屍在聽見聲音後全部轉過頭來，目光集中在他們身上。

由於軍人們站在停車場的正中央，同時也是活屍數量最多的位置，所以聽見聲音而開始變得暴躁的活屍，很快就將距離最近的他們視為目標。

至於布馮則是故意從在他們已經清除過，活屍比較少的後方路線出沒，雖然旁邊也有活屍，但數量相對來說較少，就算他因為聲音而被盯上，也比他們有餘裕應付。

雙方的站位誰比較有利，不用思考也能得到答案。

「該死！」

「喂！那些東西衝過來了！」

「媽的，先走再說！光靠我們兩個人很難……」

兩名軍人原本想要往樓梯方向跑，可是布馮卻沉默不語地再次將手槍槍托作為攻擊用的武器，迅速出現在他們面前。

其中一名離他最近的軍人被這快到不像話的速度嚇了一跳，反射性舉槍擋住朝他的鼻梁揮過來的槍托。

要是被打到的話，可不是開玩笑的！

瞬間與布馮視線交錯的軍人，深刻感受到這個男人身上散發出的殺戮氣息。

無論是動作還是攻擊的位置，都很顯然是受過專業訓練，就算不是同行，也是對於「殺人」這件事情相當有經驗的傢伙。

他不知道布馮究竟是什麼人，但如果再繼續被他拖延下去的話，必死無疑。

就在他擋下攻擊後沒幾秒，布馮瞅見另外一名軍人朝他舉槍的動作，立刻選擇向後撤退。

軍人的同伴連續開好幾槍，雖然沒有打中布馮，可是至少成功把他逼退。

但就在這短短不到幾秒鐘的時間，後方的活屍不知道什麼時候已經貼近到後腳跟的位置，抓住他的肩膀。

軍人忍不住爆粗口，用力甩開活屍，可是其餘的活屍卻爭先恐後地抓住他的手臂與槍管，團團將他圍住。

逼不得已只能選擇拋下槍掙脫出來的軍人，拿出軍刀盡可能往這些活屍的腦袋用力插下去，但他一個人的反抗終究敵不過數量龐大的活屍。

「媽的！滾開！」

「離我遠點！」

就在他心裡抱怨著剛剛才掩護過的同伴為什麼沒有過來幫忙的時候，一轉頭才發現那個人正滿身是血地跪在布馮面前，渾身顫抖，動彈不得。

他的臉與四肢都有被鈍器打擊過的痕跡，血流不止，而布馮此刻正單手抓住他的頭髮，用力將他的身體往上提起，被陰影覆蓋的臉龐，唯獨能夠看清那雙如野獸般閃爍的瞳孔。

眼眸彎成弦月形狀的瞬間，兩名軍人都感受到滿滿的惡意。

「啊……啊啊……」

臉腫到無法說話的軍人，以及親眼看著眼前這幕，漸漸淹沒在活屍群之中的無助表情，成為這兩個人最終迎來的悲慘結局。

布馮原本想要給這個軍人最後一擊，可是那些零散的活屍比他的動作還要快，撲過來趴在那雙被折斷骨頭的雙腿上，殘忍地撕開他的裝備，啃咬露出肌膚的部位，直到將他的肉與骨頭放在嘴裡咀嚼，才終於穩定一點。

那些被血腥氣味吸引而變得更瘋狂的活屍，全都趴在這個軍人身上，就連一開始被布馮砸破腦袋的軍人也被活屍群壓住。

地下停車場瞬間被濃郁的血腥味道，以及這兩名軍人的慘叫聲淹沒。

布馮稍稍往後退開幾步，順手揮動槍托砸爛幾個衝向他的活屍，默不作聲地回到陸路身邊。

陸路仍摀著嘴巴，雖然眼神充滿慌張與恐懼，但心情看起來還算穩定。

布馮將沾滿鮮血的右手收在身後，朝他伸出左手。

陸路抬起頭看了他一眼，緩緩將放在嘴巴上的手交給他。

他迅速被力氣大他很多的布馮從地上拉起來，接著兩人就加快腳步，趁著活屍群都在攻擊那三名軍人，沒空理會他們的空檔，從地下車道出口跑出去。

終於看到平面道路的兩人，總算能鬆口氣，不過礙於對面車道還有兩三名軍人在駐守，所以他們只能小心翼翼地溜走。

幸好車道出入口在大樓最旁邊的位置，只要那些人沒有轉過來看，就不會發現有人從車道裡走出來。

安靜的夜裡，抬起頭只有不知道是星星還是衛星的白色光點，耳邊只有他和布馮兩個人的腳步聲。

不知道為什麼，現在這樣反而比待在大樓房間裡休息的時候，還要更讓陸路感到安心。

原本並不想要依賴任何人的，甚至還想過要離這隻狡猾的狐狸越遠越好，但不知道從什麼時候開始，他已經下意識地想要有人陪在身邊。

所以他才討厭和別人相處太久，因為他知道一旦產生習慣，就會沒辦法放手。

離那棟危險的大樓才稍微拉開一點點距離而已，陸路就聽見布馮開心哼唱的聲音，他抬起頭看見布馮的笑容，在微弱的路燈照耀下，如同孩子般稚氣。

「怎麼了？」

即使沒有主動搭話，但布馮還是能立刻發現到他的視線。

陸路愣了一下，搖搖頭。

「沒什麼。我們接下來要去哪？」

「嗯……總之先找個藏身的地方，這附近雖然活屍數量沒有很多，但應該跟那棟大樓的狀況差不多，畢竟一開始政府宣導大家盡量留在家裡，像這樣的城市，如果街道上沒看見太多活屍的話，就表示在建築物裡的可能性很大。」

「說得也是，畢竟政府已經沒有餘力派人殺掉所有活屍，索性不管的機率比較高。」

「你說得沒錯，不過這也不代表露宿外面會比建築物內安全，所以我們還是要找個相較之下比較能夠安心休息的地方。」

「呃，哪裡有這種地方……」

「我心裡有數，跟我來，我帶你去。」布馮笑瞇著眼說道：「你還要幫我重新包紮傷口，對吧？」

「是、是沒錯啦。」

陸路雖然不知道布馮心裡到底在想什麼，但他也不想深究了。

因為布馮的決定，向來都不會出差錯。

在這混亂、失去秩序的世界裡，陸路似乎找到了能夠讓他喘口氣的地方。

正當陸路感受到安心而稍稍放鬆緊繃的情緒時，耳膜裡突然傳來「撲通」一聲。

像是有人在他腦袋裡面打大鼓，聲音沉重且令人鬱悶。

剛開始陸路還以為是自己的錯覺，但接著這個聲音又再次出現。

撲通！

他感覺到自己的血液好像煮沸般滾燙。

撲通！

喉嚨突然乾澀又難以吞嚥，異物卡在咽喉不上不下的，難以忍受。

撲通——

「哈啊！」

陸路突然停下腳步，大口喘氣。

張大的嘴巴像是忘記如何閉合，傻傻地敞開。

本來就沒有什麼血色的臉龐，更是慘白到彷彿全身血液流失。

布馮因為他停下來而跟著止步不前，才剛回頭想要確認陸路的情況，就發現他雙眼上翻，全身癱軟無力倒下。

出乎意料之外的狀況令布馮措手不及，只能急忙伸手接住他沉重的身軀。就算隔著手套與衣服，也能感受到陸路體溫高到讓人覺得不尋常的地步。

不久前陸路才發燒過一次，但這次的狀況好像又有點不一樣。

正當布馮打算把人背起來的時候，陸路突然睜眼——但他的眼神明顯不太「正常」，就連整個人的氛圍也變得與平常不同。

「呼、呼吸……」陸路像是溺水似的，用力抓住布馮的衣領，虛弱喘息，「我喘不過氣來了……好、好像要死……」

話還沒說完，陸路便昏了過去。

他沒有完全失去意識，仍持續大口喘氣，努力靠嘴巴換氣，抓住布馮的那隻手也始終沒有鬆開來。

布馮眼看陸路的情況不是短時間能恢復的，於是便把他的背包抓過來反背在胸前，背起不斷喘息的陸路，快速在街道上奔跑。

現在他的腦袋裡想著的，是盡快找到能夠安置陸路的地方。

如果直覺沒錯，那麼只要讓陸路充分休息，應該就能恢復。

雖然他不知道在陸路身上發生了什麼事，但這恐怕和他受到感染後變異的事脫離不了關係。如果是這方面的話，除了陪在陸路身邊之外，他什麼都做不到。

陸路本來就已經是在這場病毒肆虐事件中的特殊案例，所以在他身上發生任何事情都不奇怪，可是如果陸路的情況一直都沒好轉，反而變得更糟糕的話——他絕對不會放任不管。

換作是平常或是其他人，布馮知道自己絕對不可能那麼在意一個人的生死，畢竟他就是那樣的人。

他喜歡「死亡」，所以才能在這種處處是地獄的世界裡過得這麼開心。

對他來說，這個世界簡直就是他夢想的國度，能隨心所欲地殺人，不用接受任何法律制裁，到處都可以看得見下場悽慘的屍體，還有那些為了活下去而向他乞討，卻被他狠狠拒絕的絕望表情。

啊——滋味真美妙。

對所有人一視同仁，在他的世界裡從來沒有存在過「例外」，直到這個殺不死的男人與他的世界產生交集。

比起香甜的花果味道，布馮更愛那些因為長時間閒置而腐爛的屍臭味，當他第一次從陸路身上聞到腐爛的氣味時，他立刻就對陸路產生了興趣。

他想把陸路剖開，仔細看看這個人究竟是什麼樣的怪物。

最初，布馮真的只是這樣想而已。

就算陸路曾奮不顧身保護他；就算他可以感受到陸路正在慢慢放下戒心，接受他的存在；就算他已經開始習慣兩個人的生活——

布馮不明白自己是從什麼時候改變對陸路的想法，甚至在不知不覺中修改原先的目的，像個普通人一樣和陸路在這個末日世界裡努力生存。

可以確定的，只有一件事。

那就是他並不想要讓這樣的生活畫上句點，為此，陸路的存在是必要的。

布馮在大步往前走的同時，對已經無法回應他的陸路輕聲說道：「什麼都不用擔心，好好地休息吧。」

如今理由已經不重要，他那變態般的血腥興趣也可以暫時拋在腦後。

不管陸路身上究竟在發生什麼變化，他都會想辦法查出來。

沿著閃爍路燈一路跑遠的布馮，沒有注意到那雙位於三樓窗邊注視著他們離開的視線。

男人開心地用手腕枕著下巴，目送他們離開後，才轉身走回屋內。

小小的空間裡塞滿軍人，有些人站在門口駐守，有些人則是在翻找所有房間。

可惜的是，這次的行動撲空，可以說是徹底的失敗。

男人雙手插入口袋，走進與街道相反位置的臥室裡，敞開的窗戶懸掛著白色床單，一頭綁在沉重的床腳上穩定，一頭則是長到直通建築物後方的防火巷。

很顯然，那些聰明又警戒的倖存者早就已經做好逃跑的準備。

「哼嗯……」男人往窗外看過去，無奈地搔頭，「真糟糕，回去又要被前輩罵了。」

「崔煥英先生。」站在臥室門口的軍人十分有禮貌地向他報告：「已經取得附近街道的監視器畫面，確定目標四人的位置，要追上去嗎？」

「嗯，現在立刻追過去。」崔煥英一邊下達指示，一邊走出房間。

與這名負責報告的軍人擦身而過之際，對方有些猶豫地問：「那個，從剛才開始我就聯繫不上地下室的隊員……」

「關我什麼事？」崔煥英用爽朗的笑容，轉過頭來對這名軍人微微一笑，「聯繫不上就是死了啊？不用管，全部撤離，我還忙著去逮人呢。」

軍人的臉色十分難看，但不敢違抗命令的他，也只能咬牙妥協。

「……遵命。」

所有軍人撤離回到車內，在經過一樓大廳的時候，崔煥英往倒地的女性變異活屍看了一眼，忽然跑過去蹲在它的屍體面前，拿出隨身攜帶的瑞士小刀，開開心心把長條蟲從女人的喉嚨裡割下來。

軍人們你看我，我看你，對崔煥英的行為感到毛骨悚然。

誰會對那種噁心的怪物露出陶醉般的笑臉？簡直像挖到寶藏一樣。

「崔煥英先生……」

「嗯？怎麼啦？」

甩著長條蟲的崔煥英踏著輕盈的腳步走回來，甚至還在輕鬆地哼著歌。

其實比起那四名拚命逃跑的大學生，他對剛才從地下停車場車道跑出來的那兩個人比較有興趣。

其中一個人的狀況，與細胞活性化時的反應十分相似，讓他產生興趣。

「如果跟前輩報告的話，就太可惜了，這麼有趣的事情當然要獨吞呀。」

崔煥英勾起嘴角，將長條蟲塞進旁邊的軍人手裡，差點沒把對方嚇死。

坐上車之後，他的腦袋快速運轉，越想越有興趣。

「……把地下車道還有大樓前道路的監視器畫面調出來給我看。」

「是。」

和他同樣坐在後座的軍人，是率領這批部隊的小隊長，二話不說便將崔煥英的命令傳達下去，絲毫沒有任何猶豫。

他們收到的命令是不過問這位「崔煥英先生」所做的一切行為，不管對方提出任何要求都要全力配合，所以即使在有隊員死掉的情況下，他們也不能去幫忙收屍。

明明這個隊伍在應對活屍這方面相當有經驗，但他也不明白為什麼前往地下室搜索的隊員會死。

或許藉由這個命令，也能替他找到答案。

「崔煥英先生，剛才的變異體要怎麼處理？」

「隨便裝進袋子裡帶回去就好，反正這隻變異體也沒有多好用。」

「是……」

小隊長不是很理解崔煥英的想法，他還以為這些負責研究活屍的瘋狂科學家，對於與活屍病毒相關的事情都很小心翼翼，但是自從上面的人直接下令，要求他們全數從室內游泳池撤離，改成協助崔煥英之後，事情的發展就令他越來越難以理解。

他還以為身為軍人的職責，是為了保護人民，可是現在他們卻被當作這些研究人員的保鑣，甚至還故意安排陷阱，將曾經保護過的安全區內的倖存者當成白老鼠。

一切的一切，都讓他覺得自己的雙手在無形中染上無辜的血，可是他卻無能為力，只能任由事情就這樣發展下去。

按照崔煥英所說，他們是打算透過變異體來強制感染倖存者，看看能不能從倖存者之中找到具有抗原抗體的人，如此一來就能加速疫苗開發研究。

『能夠倖存到現在的人，應該多多少少都有些抗體吧！』

『就算被活屍感染，也不一定會死啊？』

這是上面的人對這種殺戮行為賦予的藉口。

小隊長真的覺得全世界都瘋了，沒有一個人是正常的。

就在他無數次考慮是不是等做完這次任務後就辭職的時候，身旁的崔煥英突然「噗嗤」一聲笑出來。

崔煥英睜大雙眸，一副像是鎖定獵物似的，就連他這個曾待過戰場、接受過軍事訓練的人也有些畏懼。

「看來今天能準時下班了。」

在聽見崔煥英這麼說之後，小隊長才往車頭方向看過去。

車燈前方明顯照到那四名大學生的人影，雖然他們很快就鑽進巷子裡，但這並不影響後期追捕。

小隊長急忙抓住駕駛座的車椅下令：「快！追上去！」

車輛迅速停在四人消失的小巷口前，軍人們衝下車，持槍緊追在後。

由副隊長帶領的小組很快就不見人影，車輛附近只剩負責指揮的小隊長與坐在車內開心地咯咯笑的崔煥英。

真鬱悶——

他為什麼非得跟在這種瘋子身邊，專門保護他。

小隊長一邊在心中抱怨，一邊向後靠著車體，雙手環胸，仰天欣賞夜色。

「好想下班。」

誰都好，快來讓這該死的世界恢復正常吧。

——《終焉世界的亡者02》待續

後記

各位好，我是終於抽出時間可以出國好好度假的疲倦草。

原本是想說一年至少放一次長假，讓自己有足夠的喘息時間，但沒想到去年真的太多事情要做，結果忙著忙著……欸？怎麼就十二月了？沒辦法，只能打消旅遊的念頭，先專心工作。還好今年在朋友的邀請（慫恿）下，終於把休假時間安排好，打算遠離稿子和工作，好好休息，當個觀光客，順便爆買周邊回家（喂）。總之，我終於可以休息一下下了T^T！

來聊聊這次的新書吧！今年所有作品都是全新的坑，不過大部分都是我很早就開始構思的作品，以及本來就很想嘗試的題材，誠如大家對我的了解，我是個十足的恐怖迷，不僅僅包括都市傳說、民俗信仰，殺人魔、社會案件、活屍、末日生存、無限流等，範圍不僅現在影集或電影，遊戲、漫畫、動畫等等都有涉獵，而深愛恐怖系題材的我最最最愛的，就是其中的活屍題材。

要說活屍題材的魅力，我覺得除了人性之外，生存手法與活屍存在的原由、解決方案等等也都是很吸引我的地方，雖然我很愛活屍題材，但比起人性方面的劇情我更想看的是與「活屍」事件有直接關聯性的劇情設計，所以相對於探討人性部分的活屍片就比較不合我的口味。

很久之前我就有考慮過要寫活屍題材，不過一直找不到機會，後來在和三日月編輯提起這個想法的時候，很高興地編輯認為我可以試試看，於是我才終於有辦法寫活屍題材的故事。《終焉世界的亡者》登場的兩位主要角色的設計，是我很想看的搭配組合，他們彼此身上都有著各自的祕密，若不是因為這場災難，恐怕這兩人至今仍舊是陌生人，在末日之下相遇的他們，從一開始的敵意慢慢成為可以信任的對象，直到分享彼此的祕密——當然，事情不會只有這麼簡單而已。

希望這次的故事除了能夠帶給大家新的閱讀體驗之外，也歡迎大家進入我的活屍世界觀，看過無數活屍題材的我，終於要開始朝自己最喜歡的恐怖題材邁向第一步！如果大家在看完後也能跟我一樣迷上活屍題材，成為同好的話就太棒了！

草子信

草子信ＦＢ：https://www.facebook.com/kusa29

高寶書版集團
gobooks.com.tw

FW410
終焉世界的亡者01

作　　者　草子信
封面繪圖　睏睏子
編　　輯　賴芯葳
美術設計　李竹鈞
排　　版　彭立瑋
企　　劃　黃子晏

發 行 人　朱凱蕾
出　　版　三日月書版股份有限公司
Mikazuki Publishing Co., Ltd.
地　　址　臺北市內湖區洲子街88號3樓
網　　址　www.gobooks.com.tw
電　　話　(02) 27992788
電　　郵　readers@gobooks.com.tw（讀者服務部）
傳　　真　出版部　(02) 27990909　行銷部 (02) 27993088
郵政劃撥　50404557
戶　　名　英屬維京群島商高寶國際有限公司台灣分公司
發　　行　英屬維京群島商高寶國際有限公司台灣分公司 / Printed in Taiwan
Global Group Holdings, Ltd.
法律顧問　永然聯合法律事務所
初版日期　2025年5月

國家圖書館出版品預行編目(CIP)資料

終焉世界的亡者 / 草子信著. -- 初版. -- 臺北市：三日月書版股份有限公司出版：英屬維京群島高寶國際有限公司臺灣分公司發行, 2025.05-
面；　公分. --

ISBN 978-626-7391-72-3 (第1冊：平裝)

863.57　　114004785